U0008554

文——安紫元
CAT.LOVE
文家傑——攝影

CONTENTS

第1部 愛情的證據。

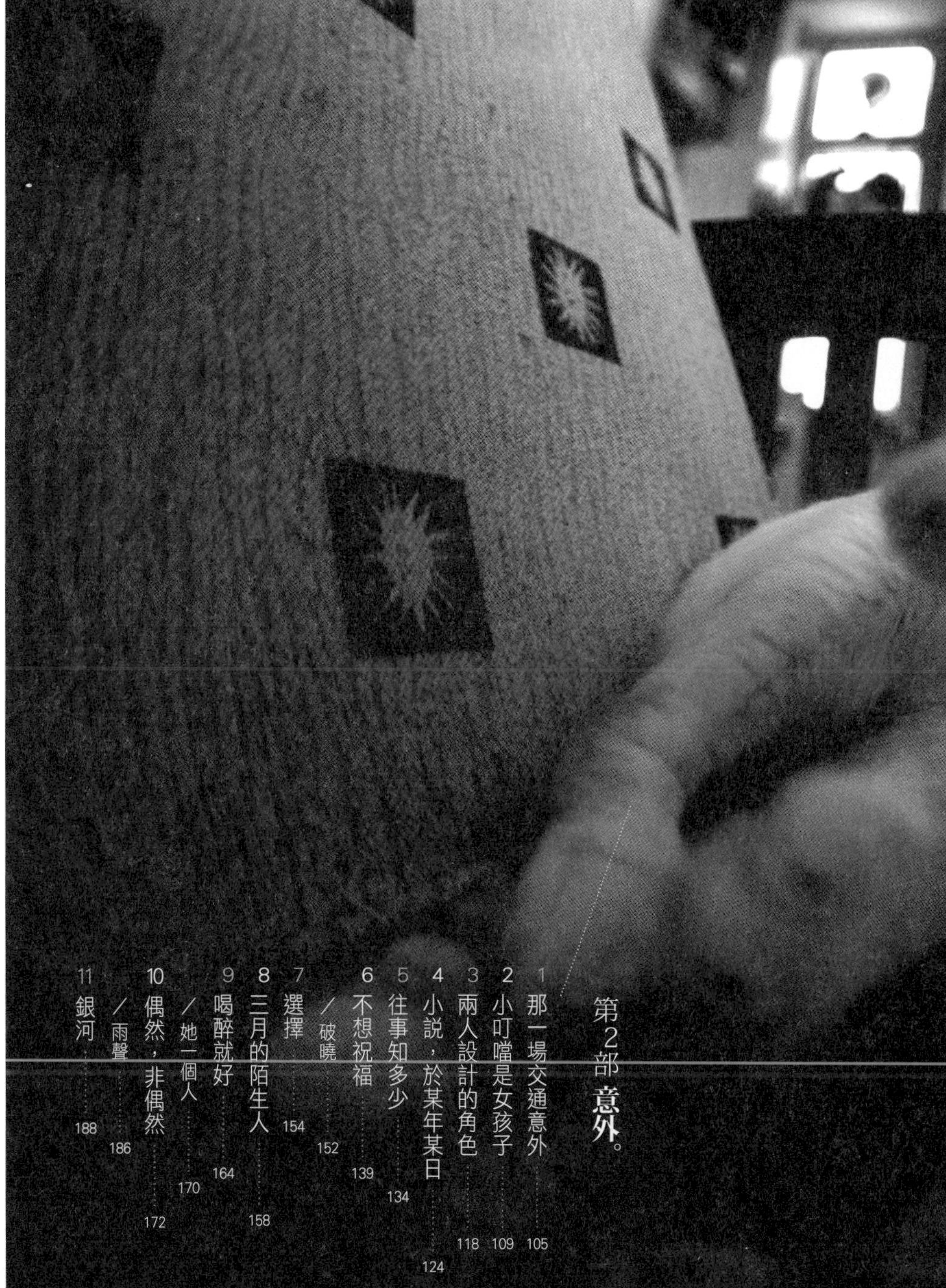

第2部 意外。

「愛情這種事情是不存在的，
存在的只有愛情的證據。」

畢加索

第1部

愛情的證據。

如果你養貓，一生中你一定不止養過一隻，因爲貓不但不擾人，而且每一隻貓都是如此獨一無二，充滿個性。只要養過貓的十之八九都會迷上，然而就像你的第一場初戀，你的第一隻貓總是最刻骨銘心，令你無法忘記。

我的第一隻貓叫做「大俠」，是隻長得非常威武的波斯貓。男孩子愛貓跟女孩子是不同的，雖然我們也欣賞貓俊美的造型、優雅的體態和閒逸的氣質，但我們會更迷戀於貓的身手。貓就像一個身懷絕技的高手平日深藏不露，但只要牠偶然露兩手飛躍騰空的絕技，男孩子就會興奮雀躍，拍手尖叫。

當我還是幾歲的小孩時，出於頑皮和幻想，我會拿著長間尺或竹棒不斷向大俠撩撥，不讓牠睡覺。大俠開始時總是不耐煩地用前爪把那枝長東西撥開，直到我惹得牠發毛，牠就會兩爪強伸把我的兵器奪走，喃喃咒罵幾句，才繼續睡牠的好夢。而我則會趁機偷回我的兵器，死纏爛打挑釁牠，直惹到牠陷於狂怒，向我出手，於是我就可以用自己新鑽研的劍法或刀法，大戰牠的霹靂虎爪。比武的結果，有時是大俠贏了，抓得我雙臂盡是淺淺的斑駁的傷痕，有時是我贏了，打得大俠落荒而逃，瞬間不見影蹤。後來我愈來愈強，反而會故意讓牠，試兩招就點到即止，因爲只要牠輸了一仗，之後數週也會一直躲開我。

老年的大俠大部分時間都是坐在暗角似睡沒睡，像個入定的高僧，但只要牠偶然睜開眼睛與你對視，簡直是目光如電，令你心頭一慄。你更無法想像牠看似臃腫肥胖的身體，平常走路腰扭臀擺像個大肥婆，一旦受到驚嚇，動起來卻迅如疾風。

在我後來的人生中，大俠的影像總是在我眼前閃過，但大俠讓我經常回想起的，卻不是這些比武嬉鬧的場面，而是另一段故事。

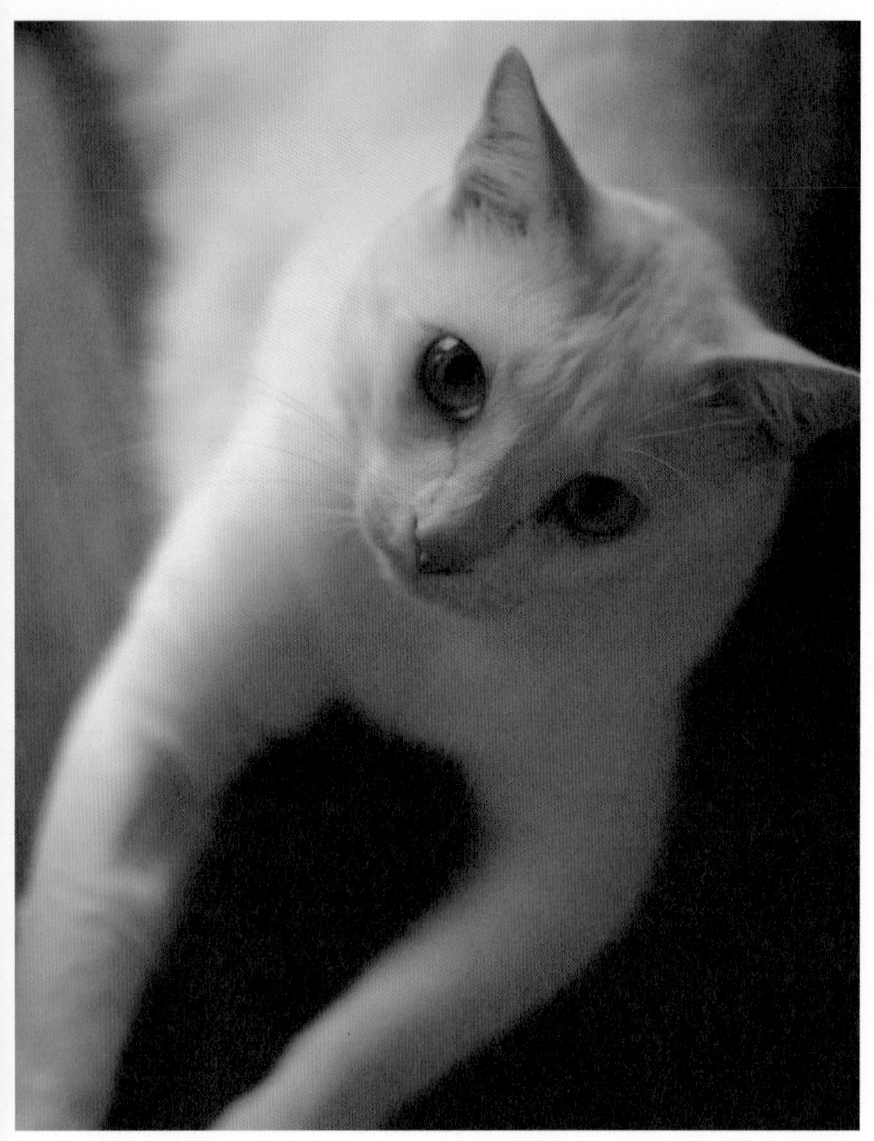

1 冰冷的六月。

你像貓一樣經過

而我總不知道　該如何靠近

今天我看見藍眼睛像貓一樣的魅惑眼神。

你微微打了一個呵欠，姿態有點慵懶，但依然優雅。你伸出一隻手，修長靈活的指尖，輕輕撥弄著頭髮。

這是一個不太炎熱的上午，陽光從玻璃窗斜斜透射到你的背後，遠遠即可見到你的藍眼睛閃閃發光。

九點三十五，人陸續各忙各的離去，你一個人坐在角落看雜誌。我終於逮到這個機會，鼓足勇氣走上前對你說：「你今天的藍眼睛很漂亮。」

你微笑，皮膚在陽光下亮白攝人。「你搞錯了……藍色是眼睫毛，隱形眼鏡是淺棕色。」

當場啞住，氣氛馬上有點冷。

「是最新的潮流搭配嗎？」我嘗試軟著陸，希望全身而退。

你揚了揚眉，眼睛在雜誌前回復專注，語氣更冷淡：「用好久了，你一直都沒有留意。」

六月六日，台北，天晴，室外氣溫攝氏三十四度。

我看見窗外的雪影。

2 只想逃開一點。

不是狗不是老鼠　不是烏龜　什麼都不是

漂亮的女孩都像貓，優雅的姿態，嫵媚的神韻，難測的性情，令人受傷時很痛，抱在懷裡卻愛不釋手。她安靜而慧黠，卻又凜然不可侵犯。她總是愛理不理，令你誠惶誠恐。她若即若離，令你心情沮喪，而你還是一股腦兒的喜歡她，愛護她。

男孩子有些像狗，有些像老鼠，圍繞在貓的四周。死纏爛打跟在後面，伸舌頭搖尾巴拚命表現神武的像狗；不敢上前，躲在暗角，一雙賊眼睛卻總是跟著女孩子身影的溜溜打轉那些像老鼠。

我對那些狗和老鼠的活動並不感興趣，二十六歲的研究生年紀並不算大，但我已有一個交往十年的固定女朋友，小玫。何況一個香港男生在台北留學，並沒有什麼認識的人可以投靠，在校園附近租住一間公寓小套房，生活不算很拮据，經濟還是很緊張的。除了課堂活動和研究論文外，晚上偷偷到酒吧兼差酒保，一個中學時期的老友現在香港一份暢銷雜誌寫旅遊飲食，我就當他的特約駐台北記者，不時寄些照片和餐廳介紹回去騙些稿費。（這當然是騙，味道是最主觀的東西，但只要照片拍得漂亮，我就說這菜式好吃，非常好吃，誰能證明？）

「如果熬不住，就回來找份工作吧。」小玫和媽都這樣說，但實在找不到半個工作的理由。畢業時嘻嘻哈哈的打了半年工，學校主修的是行銷管理，工作職位是助理行銷主任。（實際工作比較像是行銷主任助理。）學和做完全是兩回事，每天跟上司開會找理由為什麼生意做不好，回去熬更抵夜做power-point簡報，感覺自己像個美術編輯。女上司是一個三十多歲單身工作狂，脾氣倒不怎麼樣，看起來年輕時還滿漂亮的，但小小事情總是拿不定主意東改西改，有時突然想到個新的問題或報告格式，就把先前的作業全部刪掉，重新開始做過。她總是忙到深夜二三點，她的下屬當然也不敢怠慢，但忙來忙去只為寫些穩當報告，屁股整天貼著辦公椅子，從來沒跑去市場走走，看怎樣能把生意做得更好。

「待在香港可以多陪你爸媽一下嘛。」小玫這樣說。

「待在香港可以多陪女朋友一下嘛。」媽這樣說。

同期畢業的同學，不是調派大陸了，就是每天工作至凌晨半夜，哪有時間陪伴爸媽女朋友？

我和小玫已經交往十年。從十五歲就手拖手的一路至今，在大學畢業後那半年雖然深厚的感情還在，沉默和爭吵卻佔了大部分時間，大概是從學校跳出社會，在競爭激烈的商業環境和生活壓力下彼此都脾氣焦躁吧。我一直想，是不是認識太久了，對彼此已經失去了好奇和耐心？如果是這樣的話，該怎麼辦？

一年多前我跑到台北來，隨便挑了幾個科目：企管、傳播、日語，雜七雜八的，美其名叫做企管系研究生，實際上都在混日子。無所謂啦，反正我是下定決心溜跑一段時間的了。那陣子幾乎天天跟女朋友吵架，回家被媽碎碎唸，每日被公司的無厘頭工作煎皮拆骨十幾個小時，剩下來的時間連睡覺也不夠，再不走我一定已經精神崩潰了。

現在見面少了關係反而比較融洽。兼差跟寫稿的收入加起來比起從前在香港當什麼助理行銷主任還多一點點，但不須要買西裝皮鞋，不須要跟同事去高級餐廳吃午飯，更擺脫了香港最昂貴的三大消費：租金、交通和拍拖。

台北的租金比起香港大概便宜三成吧，房子租在校園附近，上班就騎小型摩托車，油資不多，女朋友留在香港，哈哈，拍拖是一件非常奢侈的事情，出門哪有不花錢的，何況是要逗女孩子開心。

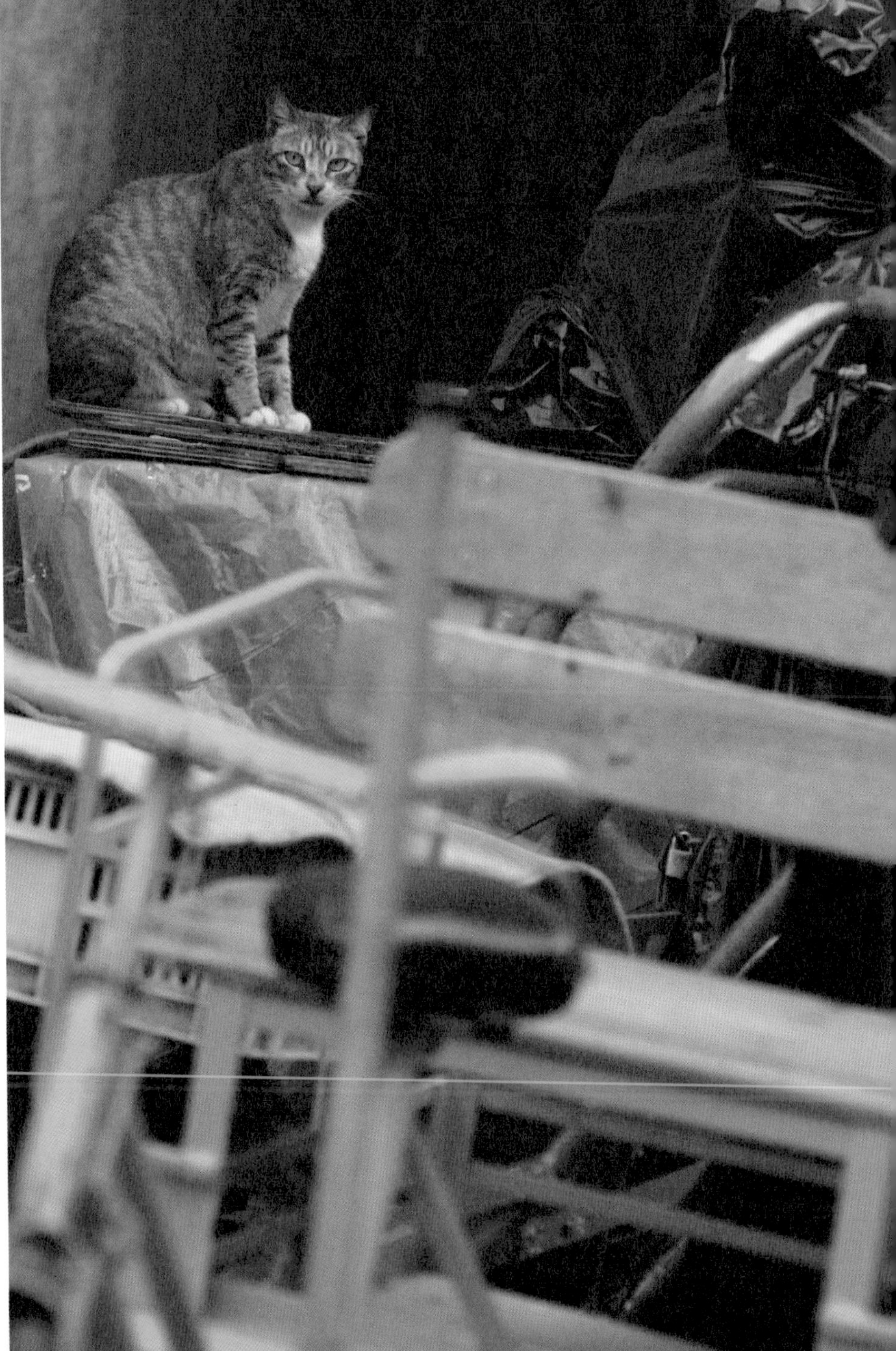

所以來台北快二年了，我從來沒想要認識女孩子，我是爲了擺脫女人而逃來這裡的，哪有笨蛋會一頭又栽進去。每天在校園裡與世無爭，晚上在酒吧工作嘻嘻哈哈又混一日，認識來自不同國家不同背景的朋友，英文、國語和日文都進步了。早上要清靜有清靜，晚上要熱鬧有熱鬧，這種生活，去哪裡找?!

然而第一次看見你，我就隱約覺得：我和你之間，有點沒完沒了；至於是什麼吸引著我，實在說不出個所以然。不過每次碰面，好像都不太順利，昨天早上，我終於鼓足勇氣上前和你搭訕，你卻又一次給我吃了一支大悶棍。藍色的眼睫毛淺棕色的隱型眼鏡，算你狠！我一直都沒有留意嗎？也對，我一直都不敢太靠近，你身邊的傾慕者太多了，我二十六歲身爲一個留學研究生，總不成一天到晚也跟那些小伙子一樣，像隻老鼠像隻土狗在你身邊不停打轉吧。

今天早上，我幹嘛這麼笨，顯然你眼中根本沒有我。藍色眼睫毛淺棕色眼睛，一段時間內，我應該都不會忘記。

這樣也好，我可以繼續名哲保身，我的單身生活本來就好好的自由自在，現在更可以死心了。

以後，我會懶得多望你一眼。

說來，還應該感謝你呢。

3 生日快樂。

每個人都有　驀然心動的一刻
在漫不經意的時候　在最落寞的時候

在午夜之前，黃昏之後

九月九日。

星期五晚上，台北的酒吧擠滿了人。這是在台北信義區算熱門的場所吧，老外一堆，眼睛在年輕女孩子身上一個一個溜來溜去，還是近三十度的天氣，四十歲大男人穿上二十歲小伙子的緊身短袖，遮掩不住稀疏的頭髮和凸出的肚腩。台灣的女孩子活潑熱情又敢穿，性感的衣服高挑健美的身材，時尚的黑色眼妝和長睫毛，每個女孩子都像個漂亮的洋娃娃。

藍色睫毛咖啡色眼睛，爲什麼我一直沒有留意……我還在嘀咕什麼，三個月前的失誤，今天還耿耿於懷幹嘛？

在這裡工作一年多，遇見過很多充滿吸引力的女孩子，總是有人歡樂有人愁，不開心的時候就找個朋友擁抱著哭，沒有朋友的時候偶然會看上酒保。

在香港時我也曾慣性心情低落，十五六歲至二十四五的年紀，似乎不笑的時候就應該哭，孤獨的時候就叫做「寂寞」。都是年輕簡單的過去，並沒有什麼深痛難癒的創傷，跟她們多敬兩杯，說幾個有趣的笑話，她們很快就會心情好轉過來了。來台北初當酒保時我的師傅是一個十九歲的台南小伙子Toby，然而歷經世故他看起來樣子比我老成的多，他教我酒保除了懂得調酒和勸酒，熟記客人的名字和口味外，最好能懂得講幾個簡單的笑話及感動人心的故事，總會派得上用場，可讓你比較吃得開，我一直在努力學習中。

我知道自己長得並不難看，個性也不討厭，而且還會調酒勸酒，記得對方的名字和口味，必要時說幾個好聽的笑話和故事。我也遇過長得醜但仍然非常受女孩子歡迎的酒保，知道他怎樣玩弄感情，左右逢緣。但如果有女孩子神色異樣的看著我時，我就會左閃右避的走開。我不是酒吧獵人，沒興趣做情場浪子，不需要短暫的情慾糾纏，也不相信酒後的愛慕可以持久。每天上班下班，不論男女都是片面而脆弱的關係，看見多少人快樂，也看見多少人流淚。當然，這是一份工作是關鍵，Toby說得好，不要跟店裡的人搞上關係，不論男女，客人或同事，總會惹出麻煩，工作不會做得長的。目前，這份工作的收入不錯，這比較重要。

十一點四十幾分，突然收到你的手機簡訊：「你在忙嗎」

「還好」剛才的確很忙，現在客人已經陸續離去，但簡訊發出去我就有點後悔了，這算是什麼回答，實在笨死了。

十五分鐘沒有回應。

「你在幹嘛」我忍不住發出一通簡訊。

沒有回應。

看看日曆，九月九日，忽然記起了一件事。「生日快樂^^」

沒有回應。

約十分鐘後：「已經過了……你怎麼知道的……」

才十二時二十分，好計較，果然是處女座。

「我一直都知道，要知道不難。有事找我嗎」

「沒有……謝謝你記得我的生日^^」態度怪怪的，會不會喝醉了？

手機簡訊都沒有句點，但等了一會，沒有下文。

我有點擔心，決定打電話給你。

你接聽，背景是吵鬧的場所，你笑得高興：「喂……」

「你在幹嘛？」

「我在跳舞。」

「那……不吵你了。」

「嗯……」

女生跟你「嗯……」你能怎樣？我決定放棄：「沒事，你繼續玩開心，有機會我再打電話給你。拜拜。」

「拜拜。」聲音很小。

我只好掛線。

神不守舍地忙了一會，你突然打來。「你可以陪我講一陣子話嗎？」

「可以呀。你聲音聽起來有點醉，你還好吧？」

「我哪有！」

這樣講，就肯定是醉了。「你在哪裡，要我過來接你嗎？」

「不用，我叫了計程車在等，應該快到了。……車到了，拜拜。」來不及回應，你就掛線了。

「神經病……」我不禁喃喃自語。

半小時後，我再次收到你的電話簡訊。「本來不是很快樂的，但你記得我的生日，我很開心呢^^」

「眞的嗎？早知道我就送你生日禮物，讓你感動落淚！明年我會早一點準備的」

「少來，你說話好假」

「真的，不騙你。方便問嗎，幹嘛生日不開心？」

五分鐘。

「謝謝你陪我講了一陣子話，我差點就掛了」

「那你現在到家了嗎？你家在哪？不要讓人擔心啊」

「你會擔心嗎」

「廢話……不擔心問你幹嘛」

「你這樣說，我會笑到睡不著呢^^」

我呆了一呆，不敢亂打字。

手機又響起來，是簡訊：「你知道嗎……我一直有點暗暗喜歡你……」

「我也是……」我打了，卻不敢發出，最後換成：「你醉了，回到家發個簡訊給我，然後早點休息，晚安」

「我已經到家了……晚安」

「我也喜歡你，真的」我還是發了出去。

你沒有再回應。

早上醒來時，我看見手機上一個遲來的簡訊：「但那是一件不好的事……我不想做壞人」

窗外陽光充沛，我的頭腦非常清醒。我無話可說。

第4 一次碰面。

回憶回憶　努力回憶

是什麼時候　我開始愛上你……

如果不要在工作場所搞曖昧，在學校可以嗎？

你也是修行銷企管的課，二十出頭，算是我的學妹吧。一年多前我是研究班新生，當時你應該也是剛入學不久。我知道你已經一年多，通常會在學校裡的餐廳碰面。餐廳的老闆老汪是一個五十幾歲的香港人，在這裡落葉歸根二十多年了，老婆及小孩數年前移民美國，剩他一個卻不願意走。據他說：「好不容易學會兩句國語，現在卻要我重新去學英文，打死都不要。」他講國語的廣東腔比我還重。

是他鄉遇故知吧，標準的象棋迷，號稱校內無敵手，比起我來可還差一截。小時候常在公園玩耍，遇到一個退休的上海伯伯跟別人賭象棋，跟我卻只玩不賭，後來算是我半個師傅了。中學時期拿了幾次區冠軍，現在跟老汪對弈，鬆緊手，總是多勝一局半局，老汪玩得痛快又總是棋差一著，賭勝負輸了就請喝一杯啤酒或早午晚任一餐。我並不是一個喜歡騙吃騙喝的人，但經常在月底錢不小心花光了走投無路，只好找他多下兩局，騙幾頓免費餐。久了老汪也心中有數，總會取笑我：「月底你的象棋下得特別好。」

我是餐廳的常客，你也是。

老汪餐廳裡養了兩隻貓，「本來是流浪貓，我一個人無聊，見牠們可憐就餵些剩菜剩飯，牠們賴著不走，乾脆養下來了。」

我們的第一次碰面是在傍晚，是去年的二月初吧，剛過完農曆年從香港回來，老汪一碰面就給了我兩封紅包。老汪三週沒找到個對手，棋癮發作，看見我就說要下三百回合，我說趕上班只下兩局，他卻二話不說就倒了大杯啤酒：「今日先乾杯後下棋，輸的付錢！」

看他高興，又收了紅包，還乾了一大杯啤酒，心情愉快，就下得特別鬆。老汪卻是研究了什麼最新布局，中局時我故意踩進他的陷阱試探一下，幾番掙扎下果然劫數難逃。老汪贏得艱難，更是過癮，大呼小叫，幸好二月初的傍晚天氣寒冷，課也不多，大部分學生都離去了，沒幾個人在餐廳。

第二局我穩佔上風，老汪卻愁眉深鎖，緊咬不放。只要下成和局，總比數就是一勝一和，他三個月來第一次贏我（年底我要多寄錢回家，又要買耶誕節禮物給媽和女朋友，當然不會放鬆），如果一勝一負，就要下第三局。我正在悠閒喝啤酒，故意鬧他：「老汪快點，我要趕上班。」「吵什麼吵，才六點多一點，酒店不是九點才開門嗎？」「我不是做酒店，是做酒吧，七點半就要打卡了。」說時一眼瞥見一個長髮高挑的女生站在餐廳角落的椅子堆旁和兩隻貓在玩耍，微暗的燈光下雖然沒看得清楚，但樣子還算不錯。

「喂，老汪你看，小汪今天賺到了，有個美女在把他耶。」老汪的兩隻貓是母子，叫大汪和小汪，我說幹嘛取個狗名，他說老汪的貓，當然都叫汪。

老汪微抬頭隨便瞟了一眼：「這個靚女你不知道？」

「誰？」

「芷希，今年的新生，你學妹耶。」

「是嗎？」我不禁多打量兩眼，看來也不怎麼樣。

「她常來這邊玩貓，不過跟你時間都碰不上。這局你輸了，我介紹她給你認識。」

「你看到年輕女生都說靚女啦，我要認識她不會自己跑去問？這局你輸定了，一勝一負，我自己喝的自己付，下次再來第三局。」

看上去並不特別漂亮，高挑卻有點瘦，不算是我最喜歡的類型，但打扮恰到好處。衣服不是名牌，卻很亮眼，臉妝化得很完整，跟服裝搭配起來主次分明。（酒吧工作做久了，對這些女生造型搭配也特別敏感。很少大學女生懂得化妝的，不是太濃就是有一塊沒一塊，例如嘴巴塗得紅紅的眉毛卻不畫深一點，看起來像個日本的白面藝伎，又或圓臉蛋兩頰抹得過紅，活脫像個中國農村娃娃。）頭髮很長，有點捲曲，感覺卻很年輕，總體上看來打扮有點不像學生，反而像剛出社會做事的上班族。

「喂，還在看靚女，換你下啦。」老汪虧我，說話卻大聲，你抬頭往這邊望過來，我急忙低下頭隨便下了一著。

「將軍抽車！哈哈哈，細佬，你輸了！」（「細佬」是廣東話「小老弟」的意思。）

老汪一高興，廣東話就滔滔不絕，大呼小叫：「靚女呀靚女，全靠你啦，我殺到棋王一褲都係……」

你當然聽不懂：「什麼？」

老汪操回他的廣東腔國語：「我說，全賴有你啦美女，棋王想著你，結果被我殺得屁滾尿流了！」

「什麼屁滾尿流了?!」我有點老羞成怒，語氣不善。

老汪得意洋洋，繼續叫囂：「美女你小心囉，這個小子說想要認識你，你千萬不要告訴他名字，老千來的，最愛騙女生，天天泡酒吧，大壞蛋……」

當時，我的臉熱燙燙的，大概已經紅到脖子上吧。

「不好意思，我先走了，晚安。」

「晚……」我嘗試回應，不過抬起頭時，你已經踏出門去了。

「看在靚女份上，我又贏得這麼爽，今天不用你付啦。」老汪繼續得意洋洋。

「願賭服輸，誰要你請！」我丟下一百塊在桌面，就站起來想要離去。

「喂喂喂，你這樣衝出去追人家，人家會給你嚇壞啊！」

如果不是新春過年，我一定叫老汪「去死！」

「時間還早，再來兩局，換我報仇……」我重新布棋陣。

老汪大樂。

如果你真的認識我

就不須要知道　我叫什麼名字

5 冬冬和冬瓜。

一年多來，我和你很少說話。

那夜匆忙再下了一局，心浮氣躁，還是輸了。

老汪連贏我三局，大獲全勝，一個禮拜內傳得街知巷聞。這對我來說是一個不小的挫折，下棋的人非常在意勝負，尤其是老汪口沒遮攔，更使我有點難堪。

於是我決定趕盡殺絕。老汪那個月幾乎逢賭必輸，只偶然下個和局。老汪心生不忿，每回下棋時看見你走進來，就會大叫：「靚女來了，讓一下，讓一下，……」

愈弄愈尷尬，後來，即使我們經常在校園或餐廳碰面，卻很少說話，通常我只會說一聲：「Hi！」你也只會點頭微笑。

畢竟老汪至今就只大贏過我這麼一次，而你是當時同場上演的唯一插曲，老汪把我和你弄得煞有介事，我無法不留意上你，從老汪或其他人口中，也知道了你不少事。

例如：外表不見得是頂尖漂亮，但不曉得是個性還是風格獨特，你的確頗受歡迎，聽說校園內外有很多男生在追求你，但你一直不爲所動。

你有一個交往六年多的固定男友，現在美國唸書。

你日語不錯，兼差在補習班教日文。

你超喜歡貓的。

半年前走進餐廳準備吃午飯，老汪指著貓來罵。

「老汪，幹嘛拿大汪小汪發脾氣？」

「阿崩叫狗，愈叫愈走！」（廣東俗諺，意指崩牙（牙齒缺角）的「阿崩」說話漏氣，唸「狗」聽來像「走」，所以愈叫「狗」狗愈聽成「走」，愈是走開。）

「怎麼啦？不聽話嗎？」

「從前叫小汪大汪，更不理你也會喵喵叫一下，現在理都不理，有時候掉頭就走，給牠們飯也懶得吃！」

我笑了笑，不以爲然：「貓根本不會聽人話，從頭到尾你就錯了。」

傍晚下課的時候，順著圖書館小斜坡往下走，經過餐廳的後面，你蹲在小樹旁，餵大汪小汪吃罐頭。

「冬冬乖，過來！」

「什麼冬冬？」我心裡正在奇怪，大汪一下子就跳到你身上。

我不禁走上前詢問：「她不是大汪嗎？什麼時候變冬冬了。」

你抬起頭，一臉佻皮：「大汪小汪多難聽，又不是狗。媽媽叫冬冬，兒子叫冬瓜，你看，冬瓜過來！」

冬瓜果然應聲跳進你懷裡，你抱著兩隻貓咪輕撫牠們的背，笑容滿足一臉成功感。你笑的時候嘴巴還來不及表情，眼睛會先彎先笑，看來也有點像貓。

「貓根本不會分辨名字，你只能用手勢和簡單的聲音和牠們溝通，不過你用什麼方法，我卻看不出來。」

你眨了眨眼：「沒有啊，就是叫牠的名字而已。」

「騙人。」

你不理我，假裝聽不見。

「冬冬和冬瓜，哈哈哈，我明白了！難怪大汪和小汪不聽話又偏食，原來是你弄的鬼，哈哈哈……哈哈哈！」

「是冬冬和冬瓜……你不要笑到像個白痴一樣，有這麼好笑嗎？」你被我笑得不好意思，說話也急了。

來不及回應，老汪聽到笑聲跑了出來：「喂，棋王你又在把妹，什麼好笑也告訴我吧！」

「我先走了！」我轉頭，只來得及看見你伸了伸舌頭扮個鬼臉，臉頰有點泛紅。老汪走過來時，你已經一蹦一跳跑開了。

我把事情的始末告訴老汪，老汪拿起空罐頭恍然大悟：「有外國好吃的貓糧，不希罕老豆的冷飯菜汁就算了，連自己姓甚名誰都不知道！衰貓！」（「老豆」取老頭子的一個半字，是廣東俗語爸爸的意思。）

「小汪！大汪！大汪！小汪！」老汪大呼小叫個半天，大汪和小汪理都不理。

「冬冬，冬冬……」我叫了幾聲，吹響口哨，大汪居然回過頭來，喵喵地叫。

「見利忘義！」老汪相當不屑。

「冬瓜，冬瓜……」小汪只瞄了我一眼，打個呵欠就不理我了。「重色輕友！」我不禁衝口而出。

老汪跟我相視大笑。

從此，大汪和小汪更名「冬冬」和「冬瓜」。

電話號碼。6

你喜歡出人意表的結局　但突如其來的變化　常令我措手不及

再次跟你碰面情況卻有點糟，那是五月尾在圖書館。

我遠遠看見你在看書，想了一想，決定過去打招呼。

「Hi！」

你抬頭，有點錯愕，隨即回復靦腆的笑容，從眼睛開始。

「壞人學長！」

「什麼？」輪到我張大嘴巴。

「上週老汪把你的電話給我，說是你拜託他交給我的，希望我打電話給你。我問他你叫什麼名字，他說：『你叫他壞人好了。』」

「哪有的事?!」我大聲抗議，語音幾乎走調，臉好燙。死老汪，居然陷害我！

你不說話，一副佻皮貓的表情，看來，我的臉應該很紅。

「我叫王彥棋，叫我阿棋也可以。」這能夠引開注意嗎？我是要轉移視線不讓你盯著我的臉看啊！不待你反應，我瞥見你手上的書，連忙指向另一個話題：「企管系很少要求看英文參考書的，你是誰的班？」

「不，我自己好奇拿來看的。你讀過這本？」你低頭看書，我暗呼一口氣。

「在香港讀過。Philip Kotler的Marketing Management，行銷學的經典。」

「對啊，差點忘了，你是香港棋王學長。」

「什麼學長？一直唸都無法畢業而已。」

你笑。無可否認，我相當喜歡看見你笑。

「我看了幾頁，看不懂。到底Sales（業務）和Marketing（行銷）有什麼分別？」

那是最基本的問題：「有很多種說法，比較直接的一種說法是業務工作只須要追到業績，行銷涉及管理，目標是滿足客戶的需求。」談到這裡，我的臉上應已回復學長的神色吧。

你皺眉：「不懂。」

「簡單說：業務只要追到數字就好了，行銷管理卻要了解客戶的需求，規劃產品，擬定經營策略並監控成果。」

你眉頭鎖得更深：「好難啊。」

我想起從前的公司：「好吧。業務比較唯利是圖，行銷比較好大喜功，懂了？」

你噗地笑了，非常好看。

難怪有人說：女生要找機會讓男生表現，男生要找機會逗女生發笑，那才是一種最能令雙方愉快滿足的無私奉獻。

「老汪埋怨，自從你不時帶些好吃的來餵貓，冬冬和冬瓜愈來愈胖了，像兩團大毛球，而且現在非常挑食。」我期待你聽到後會展現一個佻皮的笑容。

「是嗎……」你居然對這個話題不感興趣。「學長，我有功課不懂，可以問你嗎？」

「當然，隨時可以。不過……我的答案拿不到高分。」

你沒有笑，眼睛盯著我：「那……我打電話給你你要接啊。」

你沒有笑，我心裡有點失望：「當然，爲什麼不。」

「你知道我的電話嗎？」

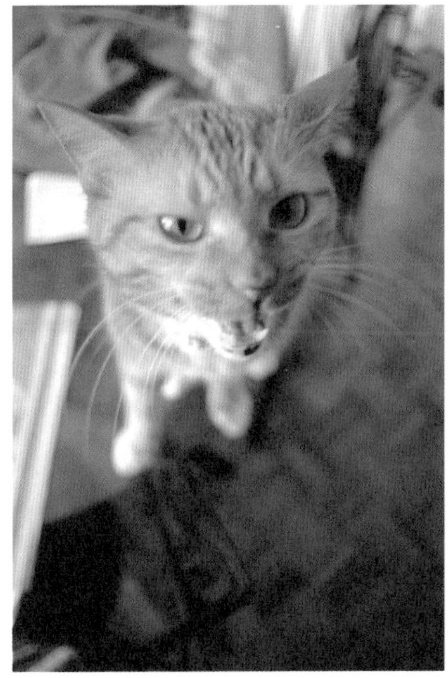

「沒關係，我認得出來你的聲音。」我看著你的臉，腦袋不知飄到哪裡。

「你女朋友這麼多，不要把我認錯了。」

「沒有，我什麼時候有很多女朋友？」莫名其妙，彷彿嗅到火藥味，是我的心不在焉惹怒了你嗎？

「騙人。」你答得也快。

我突然有點火起來：「那又怎樣？聽說你也有很多人追求，還有一個交往七年的男朋友在美國唸書啊。」

衝口而出，我就後悔了。

你沉默，看著我，眼睛逐漸泛紅，突然轉身離去，什麼話也沒說。

爲什麼會變成這樣？我發什麼神經病了？

無論如何都是我不對，幹嘛突然提起人家的私事，我什麼時候變得這麼小家子氣？

我的確沒有你的電話號碼，實在無從道歉。

三個小時後，我收到一通簡訊：「是老汪戲弄我，你並沒有要留電話給我。沒光西^p^剛才對不起」

沒光西^p^，是什麼意思？

當時，我沉浸於悔恨這場鬧劇中我說過的每一句愚蠢對白，卻竟然沒有立刻給你一個歉意的回應。

實在該死。

難怪十多天後在餐廳裡你給我吃了這麼一個大檸檬，藍色睫毛淺棕色隱型眼鏡⋯你當然有權去酸我，誰叫我先說錯了話！看來，你還在爲圖書館事件生氣吧。

但總算，我知道了你的電話號碼。

已經算是認識一年多了，如果要開始的話不是早就該開始了嗎？

你說你一直有點暗暗喜歡我，是眞的嗎？

7 錯愛嗎？

如果不快樂
請找我　我會讓你重新笑起來

九月十七。

又是星期六晚上，十點多的時間，人還算旺。吧桌外站了一兩排的人，吧桌前的角落卻坐了幾個平庸內向、無人理會的女生，不對，其中一個是雪莉（Shelly）。

取雪莉做英文名字的台灣女生不多，她二十一歲左右，從澳洲唸統計學回來，短頭髮，水汪汪的大眼睛像日本漫畫的女主角，笑起來左邊有一個很深的梨渦，身材均勻穿得火辣，個性爽朗又愛喝，說話大聲卻不吵耳，如果不是個子太小的話，會是我喜歡的類型。

咦，什麼時候開始，我喜歡上個子高挑的女生了？

雪莉是這裡的常客，三不五時就失戀一次，但不到幾天就會交到新的男朋友。雪莉說過，沒有戀愛的日子，她會睡不著覺。她很容易喜歡上一個人，也很容易被人喜歡。

至於爲什麼都維持不長久，大概是她選錯場合交朋友了，酒吧中的男女，輕易卻不認眞。而我，並沒有興趣做她集郵冊裡的一張舊郵票，反而能跟她保持較長久的朋友關係。

遞給她一杯紅酒：「幹嘛不開心？又失戀了嗎？」我跟她講話習慣直來直去，一來很熟，二來她也能玩。

「還沒。」雪莉不假思索回應。

「什麼時候？」

「大概晚一點吧。」

「眞的鬧分手？」

「剛鬧完，待會分。」

快問快答，兩人對望大笑。我們乾了半杯紅酒。

「那你什麼時候分手？」雪莉反問。

「什麼時候我說過要分手?!」

「不管。分手的時候記得通知我，我排優先。」

「不可能，外面排隊的名額已經滿了，要守秩序。」

我倆又笑，碰杯。

「謝謝囉。」雪莉左邊的酒渦愈笑愈深。

「謝什麼？」

「本來心情壞透，現在差不多好了。」

「才差不多而已嗎？」

「好，那你再說個笑話我聽。」

樂於效勞。我想了想，說：「這是個網路笑話。有一個神經病，醫生問他，如果你左邊耳朵被割下來了，會怎樣？他說：那我左邊就會聽不見呀。醫生點點頭，再問他，那如果連你右邊耳朵也被割下來，你會怎樣？神經病人想了想，說：那我會看不見呀？雪莉，那你說爲什麼？」

雪莉笑說：「我又不是神經病，我怎麼知道。」

「好吧，那我直接講。醫生問神經病人爲什麼，神經病人說：兩隻耳朵不見了，我的眼睛會掉下來，那就看不見了。」

「亂講，好勉強，不好笑。」

「什麼亂講？你聽不懂廣東腔國語？」我俯身向前，把眼鏡摘下：「是眼鏡會掉下來！」

雪莉笑破肚皮，差點從椅子上跌下來：「雖然我不喜歡戴眼鏡的，但你還是戴回眼鏡比較好看，這副模樣好醜……哈哈哈……」

我並不介意。習慣戴眼鏡的人突然除下眼鏡樣子看起來都有點怪怪的，何況我原意就是逗她笑。我們乾杯，雪莉轉身走開了。

我正要跑到另外一邊，一把熟悉又陌生的聲音問我：「你都是這樣逗女生的嗎？」

是你。

比平常更捲曲的淺棕色長髮，黑色睫毛微往上翹，眼尾部分灑了一些閃光的妝粉，臉頰微紅，手拿著一小杯紅酒，指甲修長，是暗紅色的，襯托起來手背好白。

雖然有點錯愕，但我已經出醜夠多次了，這一次絕對不容再失。「Hi！什麼時候來的，幹嘛突然出現，嚇我一跳？」

你撇了撇嘴：「來好久了，你剛說到『名額已經滿了』的時候。我一直站在後面聽，你沒空留意而已。」

的確，和雪莉聊天是相當愉快的事，通常我都很專注。咦，為什麼要特別強調「後面」兩個字。

「她很可愛啊……」

我今天很從容鎮定，大概是在工作的關係吧：「是這裡的熟客，的確很可愛。怎樣，你吃醋？」

「誰吃你醋？」你笑笑，杯上的紅酒不多，你一口乾完，看來沒有生氣的意思。

「不吃醋，那我請你喝酒。你要喝什麼？」

「好，Vodka Lime！」（就是伏特加酒混檸檬加汽水。）

「喝完紅酒混這個不好吧……」

「你管我！」

好兇！好男不與女鬥，我遞上一杯Vodka Lime。

「還生我氣嗎？」我一直耿耿於懷。

「生完了。」你沒有笑。

「好吧，對不起，我還要再賠罪嗎？」

「好，你說！」眞是得勢不饒人。

「你不是已經修理過我了嗎？」

「哪有，什麼時候？」

「藍色睫毛淺棕色隱形眼鏡。」

你噗地笑了：「這也算修理嗎？」

「算，害我好幾天睡不好。」這是實話。

「騙人。」表情看來卻很滿意。

「跟朋友來嗎？」唉，我在說什麼廢話…

「嗯，在那邊。」

你遙遙一指，在柱子後，擋住了。我心中忙亂在搜索話題，卻毫無頭緒。

「跟美女就說不完，跟我就沒話說嗎？」看不出表情是委屈還是找碴來的。

我連忙說：「沒有。怎麼會？」聽起來，有點心虛。

停頓十秒。

「你喜歡貓嗎？」

這是一個我不喜歡的話題，但我不想推搪：「曾經喜歡過。」

「那現在不喜歡囉。」

「唔。」

「爲什麼？」

「可以不說嗎？」

你想了一會，再問：「那……你養過貓嗎？」

「從前在香港養過。」

你愈問愈多：「是什麼貓來的？」

「波斯貓。」

「後來怎麼了？」

「送回波斯了。」

「亂講。」你笑，我倒並不覺得好笑。

「為什麼在台灣就不喜歡貓了？」

我想了想：「我覺得動物跟人一樣，還是自由自在不用靠別人養好。」

你搖頭，不同意：「但無論人或動物都需要別人的幫助啊，還有朋友的關心。而且接受別人的好意，也是一種禮貌吧。」

我凝視著你，像重新看見一個人。我被你那句說話吸引住了：「接受別人的好意，也是一種禮貌嗎？嗯……」

「跑到哪裡了？」一個高大俊朗的男生跑來，手搭著你的肩膊。是Joe，比我年輕一點吧，美國哈佛的MBA，不常來，通常坐一下就走，不亂搞，永遠保持基本的客氣和風度，聽說是大企業的第二代。

「他是香港棋王……不，我學校的學長，他是我朋友Joe，……」你嘗試介紹，卻有點不清不楚。

我伸出友誼之手：「你好，我是王彥棋……」

「棋王學長好，我們那邊要切蛋糕啦」Joe拉著你急急轉身而去。百忙中

Joe回頭向我揮手：「see you」

「see you」嘿！我把伸出去卻落空了的僵硬右手收回。

茫茫然，更忘了跟你道別。

回過神來，你已經人影不見，大概被那條可惡的柱子遮檔住吧。反而看見雪莉在跟男朋友吵架，又是一個一八〇公分以上的紅頭髮年輕小老外，一邊吵架一邊眼睛還在偷瞟別的女生。

吵沒多久，大概沒結論吧，雪莉氣沖沖一個人走回吧桌，拚命撥電話，卻顯然找不到人。我心情有點低落，故意裝作看不到她，跑到另一邊去了。吧桌有三個人服務，不怕她沒人招呼。

差不多三十分鐘，她突然跑到我面前：「喂，幹嘛不理我。」

「你不是在講電話嗎？」

「找Alex，找不到。」

「那個幾乎比門頂還要高的荷蘭長頸鹿嗎？」

「什麼荷蘭長頸鹿……哈哈……看來還蠻像的。」

「香港人說這個叫死老鼠掛在電燈柱子上，不配的啦，算了吧。」（意思是身材小的搭上身材高的。）

「知道了，你又不是第一次這樣講我，重複又重複，好煩。」

死腦筋，懶得理她。

「喂，沒有人要我，你要不要我？」

這問題要小心回答。

「我不夠高。」

「也對……好吧，你講個故事我聽。」

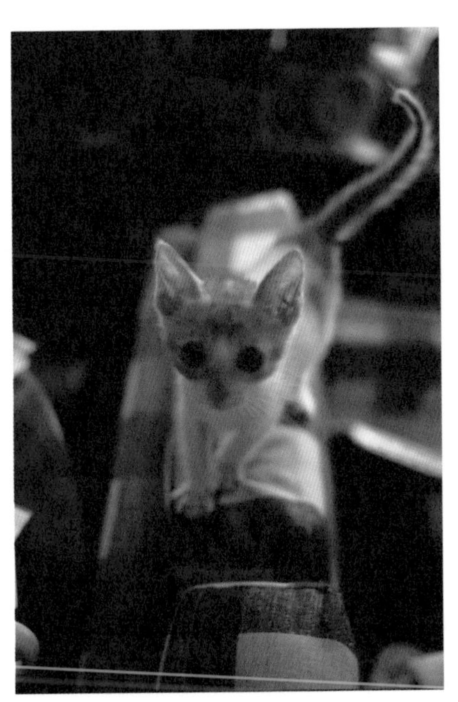

「笑話嗎？」

「不要，我要故事。」

我想了一想：「好，你是唸統計的，數學不錯吧。」

「那當然。」才怪。

「你懂得玩骰子嗎？可知道同時擲出三個一的機會率是多少？」

「那容易，六×六×六，就是二一六分之一的機會。」

「對。有一個傻瓜，他把所有賭注都押在一把『圍一』上，就是圍骰三個一，他充滿信心，他今次贏定了，你知道爲什麼？」

「爲什麼？」

「因爲他已經連續錯愛二一五次了。」

雪莉陷入沉思，另一邊需要我幫忙：「你先想想，待會跟你說。」

從那頭到這頭，她又跑到我面前，一副會心微笑的樣子：「我知道了。」

「你確定？」我才不相信像她這種沒頭腦的大學生突然會變聰明。

「你認爲我已經輸了幾次？」

「大概沒有兩百也有一百八了吧。」我故意虧她。

誰知她卻點頭：「唔……那我快開到『圍一』了……」聲音突然高八度：

「我會加油滴！」然後就一蹦一跳跑去認識新男生了。

數學專家說：每擲一把骰子，機會率都要重新計算。原想告訴她在這裡一個女人想找到一個『唯一』的好男生，就像要擲『圍一』那麼難，連續錯愛了二一五次，第二一六次還是要重新計算的，傻妹，聰明就不要再賭下去啦。

不過見她笑得那麼開心，也無所謂了，早晚她自會明白。

二點半，臨下班的時候收到簡訊：「我知道回波斯是什麼意思了，對不起，我不是故意的」

我沒有回應。

來玩一段愛情
用最多的歡笑和眼淚
用最多的
淺薄的激情
「你年輕你不懂……」
嘿嘿……
你老了你才不懂

來寫下這一段愛情
從某年某月某日講起
你魅惑的眼神我
該如何刻劃
好些情節想起來
還是難於掌握

終於終於……多久以後
我終於可以
開始忘記你了嗎？
我們還是會碰面點頭
偶爾通一下電郵和簡訊
夠了嗎？
你的電話明明沒改
我喝醉時打過
從無回應

＜來玩一段愛情＞

8 誰比較好騙？

每個人心裡 都有一些秘密 如果被當面說穿了 那會很難看

酒吧相遇之後的星期一，我決定約會你。發簡訊試探，因爲害怕再次被當面拒絕：「我可以請你吃個晚飯嗎」

「爲什麼 OpO」

好醜的大眼娃娃。「不爲什麼可以嗎」

你幾分鐘後才回應，感覺過了好久。「男生請女生吃飯，總該有個理由吧」

我深吸一口氣：「我想找個女生吃飯，但只想請你」這對我來說，已經是最大幅度的表白了。

「我比較好騙嗎」

好難纏。我決定先等幾分鐘。

「好爛 ><」

「我以爲你拒絕了 ><」似乎有效，我決定以退爲進。

「沒有更好的理由了嗎」

我記起酒吧裡你曾說過的話：「接受別人的好意，也算是一種禮貌吧」

「好^^」

「謝謝^^」

第一次約會是在天母，星期二的傍晚有點冷清。我害怕碰到熟人，卻要裝作大方。你遠遠地走來，約一六五公分高挑的身材只比我略矮一點，穿了一雙閃亮高跟鞋後卻要比我高了，清新亮眼的淺黃色百摺短裙遠遠走來，一切彷彿都已靜止只有你在移動。

碰面時我刻意跟你保持比正常略遠一些的身體距離，好讓我不須要微微的仰頭也能跟你四目平視，直到在餐廳裡隔著小餐桌坐下，我才暗暗地鬆了一口氣。

應該是燭光和冷氣的關係吧，你沒有撥弄過頭髮，而一切緩慢在流動。琥珀色的紅酒杯上杯落，我們談論各自的功課狀況，千奇百怪的八卦傳言，也談到校園裡的人和事。原來我們有很多共同認識的人，卻沒有幾個是真正要好的朋友。大概是酒精作用，我開始滔滔不絕，談到童年的一些往事，大學時期的荒唐行徑，你聽得津津有味。

「有沒有覺得你現在也滿孤獨的？」你突然問。

「孤獨並不代表寂寞。」

「我又沒有說你寂寞。」

「談不來就不用勉強交朋友吧，我不想浪費時間在無意義的交際上。」

你看著我不說話，我拿起紅酒杯擋一下。總覺得，心情是很愉快，但我表現得很不自然。

「你知道嗎？你早上跟晚上完全是兩張臉。」

「我早上醒來的樣子才夠恐怖呢。」

你笑：「我說眞的。」

「我也沒有說假。」我呷了一口紅酒。「白天上課晚上工作，不同場合有不同的態度吧。是不是很假？」

你低頭玩弄著玻璃杯，愈講愈小聲：「我覺得你白天比較可愛……雖然有點裝帥扮酷……」

「什麼？」一時不懂回答，最好先裝作沒聽清楚。

「明明就聽到。」被拆穿了。

「那晚上呢？」

「晚上比較花……」

不想解釋，我決定岔開話題：「在香港我不算帥，在台北還算長得不錯。」

你抬頭望我：「爲什麼？」

「香港有劉德華呀。」

你笑得很快樂：「胡扯！」

「還有梁朝偉和郭富城。」

你快笑翻了。「所以你排第四囉。」

我搖頭：「唔……大概二三之間吧。我沒跟梁朝偉量過，但肯定比郭富城長得高一點。」

我們一直在笑。

「不覺得我長得不夠高嗎……」我看著你。

「我喜歡不高的男人。」你衝口而出，然後有點害羞和後悔，兩眉之間出現了一個不大不小的紅暈。

我的心撲撲亂跳。

「對不起。」你匆匆跑去洗手間。

回來的時候，我已經結帳：「差不多了，我要趕上班。」

等計程車的時候，你說：「謝謝你今天的邀請，我好快樂。」

「要謝我的話，下次換你請。」

「好。」你微微點頭，非常肯定的樣子。

我笑了笑：「晚安。」

「晚安。」你的聲音，幾乎低不可聞。

你走之後，我坐在暗角的椅子上抽煙。

簡訊忽然響起：「幹嘛騙我？」

「什麼」

「你今天晚上明明不用上班」

你怎麼會知道？我一時不懂得回答。我是故意排休假跟你約會的，不過後來我卻想盡快結束。

「我在店裡等你」

「好，我趕回來」

「騙你的^^我到家了，晚安^^」

我還是回到店裡，卻沒看見你。

忽然被一個人非常熱情的摟著我肩膊，是Joe。

「棋王學長，芷希有找到你嗎？我還說你沒上班呢。」

「她現在哪？」

「來了一下就走了。你們剛剛有遇到嗎？」

「遇到了，沒事。」我隨口回答，轉身離去。

有時候，你就是不想說眞話，即使說謊毫無意義。

也不知道爲什麼。

小白菜。

牠的安靜　只是假裝
牠突然爪子一伸
就把你抓傷了

九月二十一。

這是我遇見過最漂亮的街貓，牠常在校園裡神出鬼沒，但我相信牠應該是有人養的，只是溜跑出來曬太陽而已。

牠的姿態非常優雅，並不介意別人的目光，即使你突然靠前，牠並不驚懼，但如果你要摸牠，牠會伸爪把你撥開。

來到台北，我決心不再養貓了，那是一段不想再提及的往事，反而遇見街貓而四周無人的話，我會蹲下來跟牠們聊聊，如果身邊有照相機，就拍下牠們的照片，讓我記得我們曾經相遇過。

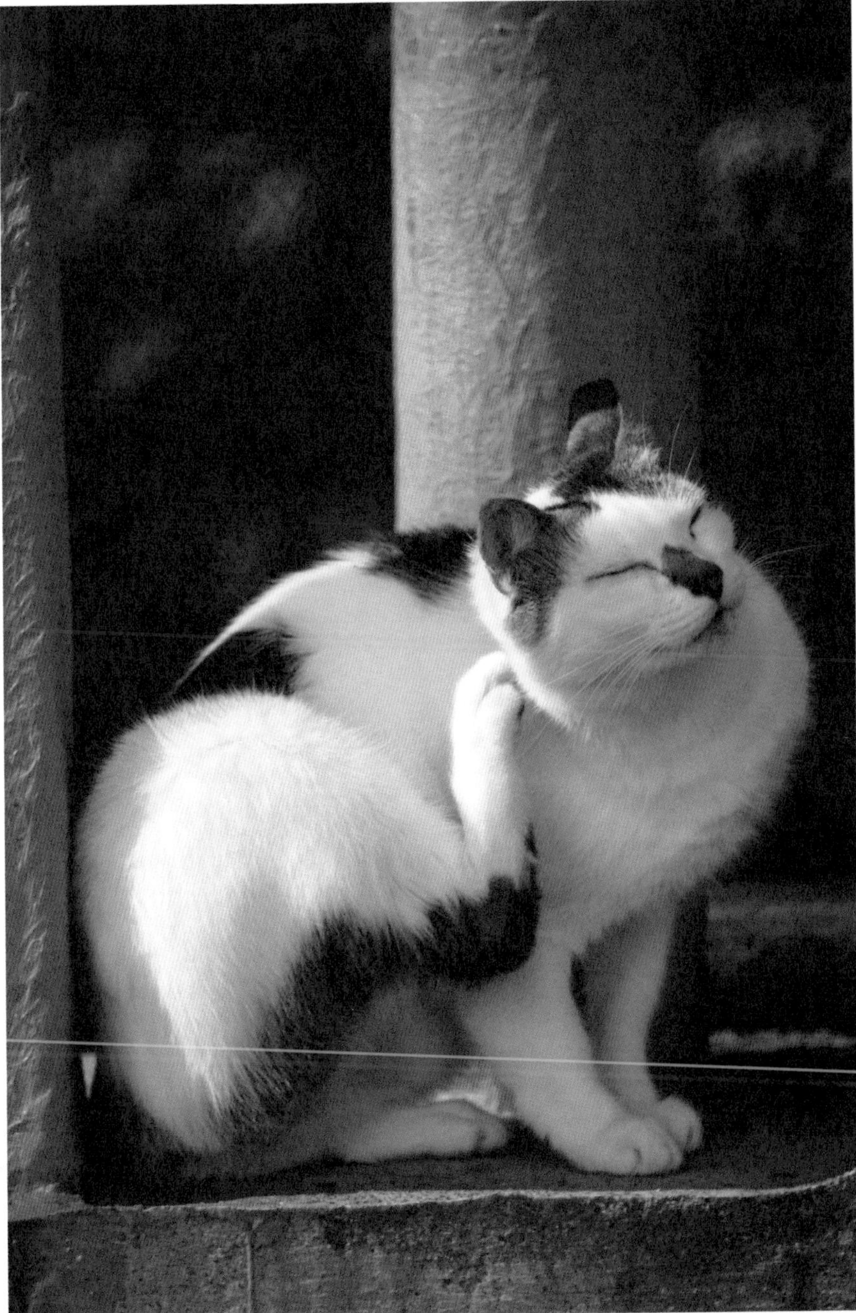

人生是無數的遇合和分離，不是看見每一樣好東西都要擁有的。即使擁有了，早晚還是要放棄。

「你也認識小白菜嗎？」你突然出現，抱起了牠。

「小心牠會抓你！」

「不會的，我們很熟。」

你也是貓嗎？為什麼貓都跟你很熟？

你從背包裡拿出一罐貓食品打開，小白菜歡欣得喵喵叫，一頭埋進食物裡。「如果你對牠表達善意，牠就會很快跟你做好朋友……」你彷彿喃喃自語：「小白菜很可憐的，總是吃不飽，也不知道她主人是怎麼搞的。牠整天都在這裡晃來晃去，也沒有朋友……你說牠是不是很慘？」

不會啊，最少有個貓女俠不時來接濟牠。想起電影中貓女的造型，配在你身上也蠻有趣的。我笑了。

「笑什麼啦你？」我的確笑不合時，唉，不知道又會惹出什麼誤會。

「沒事，我走了。」感覺今天不會順利，我拿起書包想走。

「你幹嘛閃我？」

「誰說我閃你？」我皺眉。

「明明就是。」

「好，就當是我閃你。」我冷冷地回了一句就走了。

前天晚飯後我們一直沒有聯絡，驀然相遇，你愈是若無其事，我愈是感覺不自然。

心情是前所未有的疲乏，拖著緩慢的腳步在雨後的小徑上走，感覺像隻迷失在大路上的蝸牛。

想起小玫。

我和小玫已經有三個禮拜沒通電話了，她不喜歡用電郵和簡訊，她說如果要找，就要聽到聲音。

我打電話過去，響了好多聲她才聽，我說：「你在幹嘛？」

「在忙，沒空。」小玫的語氣冷淡。

奇怪我反而有點如釋重負的感覺：「唔，那你晚一點打給我。」

「嗯。」小玫掛線比我更快。

我只好掛線了。我們的對話，已經變成這樣，愈來愈簡短乏味。是我挑錯了時間，還是互相間已經不大關心？

晚上小玫沒有打來，我也沒有打過去。

你習慣
背負
一個戰場
走路

用沉默
對抗雜音

你習慣
在日月交替
的清晨
踱步

失眠
獨自哭泣

〈蝸牛〉

你且徐徐消逝

10 如果我是貓。

但請不要 離開我的視線

十月二日。

我並沒有想過要和小玫分手。多年來的關係和經歷過的事情，我清楚我是喜歡她的，即使今天彼此都不大付出了。有一次吵架時她說：「如果不再付出，就不會失望了。」的確如此。從前我經常答應了卻做不到，現在卻不會再承諾任何沒把握的事情。一年多酒吧工作，讓我了解更多人情世故。

我也不是死忠的人，尤其剛開始感情還不太穩定的時候，也曾偷偷交往過一些其他女孩子，但很快就發覺那只是一種短暫的吸引力。其實男人都很清楚什麼時候自己是喜歡一個人，什麼時候只是對她的外貌身材感興趣。從前或會爲了得到一些甜頭故意裝糊塗，現在卻不希望無論自己或對方受傷害。這並不是偉大，只是經驗教訓：如果你傷害了一個人，你很快也會被另一個人傷害，就像負債一樣是要清還的，信不信由你。

每次跟你碰面後都會想起她，然後隱約有種不忠的內疚。你說我閃你是對的，我搞不清楚是眞的喜歡你還是一時貪玩，你太善良了，尤其是當你抱著貓的時候。如果我是貓，我絕不會抓傷你。

最近走了很多冤枉路，沒事也會跑到教學樓和圖書館走走，明明不順路卻會繞道到餐廳那邊，心裡期望可以碰見你，即使遠遠望一眼也好。

有時只是點頭打個招呼，或只是目光相碰，然後就匆匆的各有各忙。即使碰面能說上兩句話，也是最空泛的應對。例如你會問「最近忙嗎？」我就答「差不多。」然後我問「最近有沒有出來喝酒？」你會答「嗯。」結語通常是「有空聯絡」，結果卻連簡訊都沒發。

我好像在期待什麼，又不敢採取主動。

這天我在餐廳裡陪老汪餵貓，老汪為了表現父愛，最近竟然改餵進口貓罐頭。

「其實冬瓜的名號應該給你才對。」我說。

「什麼？」

「看你身高五呎，橫著看也幾乎五呎，一百公斤像個正方形，不是活脫一個大冬瓜嗎？」我哈哈大笑。

「從前有老婆在耳邊整天碎碎唸，還會控制一下，現在一個人沒王管，倒眞是愈來愈胖。」老汪沒有嗆回來，反而嚴肅起來，大概想起了在美國的老婆。

「人老了太肥胖對身體不好，還是注意一下吧，明天跟我去跑步如何？」我試圖轉移話題。

老汪低頭沉思。還是讓他清靜吧，我拿起書包轉身。

「衰仔（臭小子），如果喜歡一個人，就不要浪費時間。」

我不說話，拍拍他肩膊就走了。

「喂，好久不見。」突然被人大巴掌拍在背上，嚇我一跳，原來是你。

「瘋了你？好痛……」其實心裡蠻開心的。「昨天不是在教學樓才見過。」

「沒說過話不算數。」你擠了擠眼，今天心情看來很好。

「拜託，不要裝個十五六歲的活潑可愛樣子吧。受不了你。」

「什麼話！我很老嗎？……原來昨天你有看到我。我還以爲你看不見。」

「只有你才會看不見我，我一定會看得見你。」

「眞的嗎？」

「假的。」

「也對，你最會騙人。」

「我比較會騙自己。」我喃喃自語。

「什麼？」

「沒有。」我有點無心戀戰。

「幹嘛發呆，剛剛又輸給老汪了嗎？」

「沒有。在想老汪剛才說的話。」

我終於有點沉不住氣。

「他說什麼？說來聽聽。」

我吸一口氣，徐徐說：「他說：如果喜歡一個人，就不要浪費時間。」

你沉默。氣氛有點尷尬。是你要問的，可不能怪我。

「喂，上次你答應請我吃飯，什麼時候？」我突然衝口而出。

你想了一會，微笑點頭：「好，我請你。」

五點半，我們沒去吃飯，跑了去看電影。「今天下片，不看就沒機會了。」你說的話，我無法拒絕。

沒有聽說過的電影，完全陌生的演員。

昨天沒有睡好，其實有點睏，尤其在黑暗的地方。如果是往常的話，我毫不猶疑就睡著了，今天卻異常精神，甚至有點緊張。

混亂的情節，刻意製造的緊張鏡頭，幾場車禍和爆破的戲尚算精采。外國電影比本地製作精采的地方，最少願意花本錢投資吧。

每逢殺人濺血，你就微微靠過來不敢看，我故意身體挪前一點，好讓你躲在後面。

戲至中途，殺人犯突然從後出現，割破了女主角好友的喉嚨，場面相當驚駭，你抓緊了我的手臂。

我深呼吸，用右手緊握著你冰冷的右手，順勢把左臂伸過去摟著你。

你沒有抗拒。

我們一直維持這樣的姿態直到完場，出來時卻一左一右，中間相隔的距離，大概可以放進一個老汪和他的兩隻貓，甚至兩個老汪。

天還沒黑，十月初，還是有點熱，我們彷彿都陷入在深沉的暮色中。

「等一下。」我在路邊一張椅子坐下，點起一根煙。受不了這種距離，停下抽煙總比一直無聲走下去好。

你坐到我旁邊(距離總算拉近)，從包包裡拿出一根煙點起來。

我有點驚訝：「好像沒看見過你抽煙。」

「是嗎？」

「在學校裡沒見過。」

「在學校裡不好意思。」

「上次吃晚飯，你也沒抽。」

「那時候不想。」

「酒吧裡也沒看見你抽。」

「剛好抽完。」

你的語氣愈來愈硬。

「你生我氣嗎？」應該是電影院裡我突然握你的手吧。

「你幹嘛站這麼遠？」你眼睛看著地上。

我心裡想：不是你要站遠嗎？當然，這句話不能說出來，可能真的是我笨。是我要站遠嗎？

我沒有說話，猛力抽煙。

「你覺得剛才電影好看嗎？」還是你打開話匣子。

「我沒有留意。」這是實話。

聽了這話，你居然笑了。

「你知道嗎？你每次都好像故意把氣氛弄僵的。」

「不會吧？」好像不是，好像是，我並不肯定。

你繼續自說自話：「不過我還蠻開心的。」

「聽不懂。」實在莫名其妙。

「如果你要騙我，就不會這樣。」

「爲什麼你一直強調我要騙你呢？」我有點按捺不住：「我什麼時候騙過你了？」

你低頭，輕聲說：「老汪說你是老千啊……」

我笑：「神經病……老汪最愛亂講。你怎麼會把老汪的話當眞？」

「我是很認眞的人——」你沒有抬頭看我：「如果你只是玩玩的話，我會很受傷的。」

我無言以對。良久。心裡突然很清楚了。

我看著你，語氣堅決：「如果我說我現在真的喜歡你呢？」

你沉默，想了很久，最後還是搖頭：「過一陣子就不一樣了。可能你只是最近跟她關係不好，或者在這裡一個人久了，覺得寂寞吧。」

「不會，我知道不是的。」

你還是搖頭：「我跟你是不可能的。」

還是讓你繼續說下去吧。

「我男朋友其實對我很好。你也有一個固定的女朋友。」你笑笑：「那天在圖書館，你不是提醒我了……」

我看著你，你還是看著地上，聲音很小，我盡力聽。

「上次在酒吧，我知道還有很多女生喜歡你。」

「雪莉嗎？她不是……」我想辯解，卻被你打斷了：「你聽我講完——」

「不只她，還有其他人……」你忽然笑：「但沒關係，我跟她們是不一樣的，我只要暗暗地喜歡你就夠了。」

我反覆琢磨著你這幾句說話，有很多話想說，卻不知道如何開口。

「我先走了。」這次換你先站起來要離開。
「不是去吃飯嗎？」
「不要了。」你笑笑。
其實我也知道，這頓飯是吃不下去的了。
完全陷於被動。
你走開幾步，我追上前：「可以給我你的電郵嗎？」
你走得更快了：「我發簡訊給你。」
剛剛一步，我追近你的側面，彷彿看到你眼中有點淚光。
我停下腳步，目送你身影遠去。

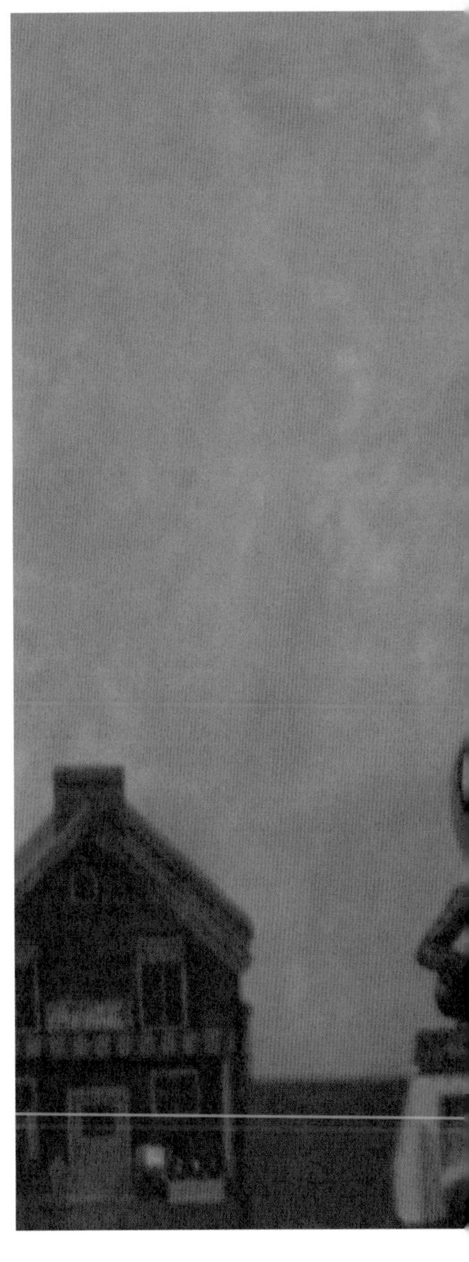

離別前我只低聲講了一句話
我……你
中間的一兩個字
不說

傷感的話不說
祝福的話不說
做不到的話不說
廢話不說

謊言不說
安慰的話不說
從前說和悅是同義字的話
無關喜悅就不說

<說：話>

關於喜歡。11

我把思念寫在紙飛機上　　然後用力將它送出
張望　它在空中脆弱地飄移

兩天後，才收到你的簡訊，什麼話都沒有，只有你的電郵地址，我把寫了兩天的電郵寄給你，這是我寄給你的第一封信——

Subject：關於喜歡

那天你在餐廳後逗玩冬冬和冬瓜的時候，我不自覺看得入迷了，眼前是一幅充滿善良和喜悅的畫像，那時候，我很清楚我已經喜歡上你了。

我相信我們都暗暗喜歡對方很久了，如果我猜錯，就算我自作多情。但最低限度，在我這一方確是如此。

如果喜歡你是錯的話，我不想要對。

我有一個固定的女朋友在香港，你有一個固定的男朋友在美國。那其實無關重要，重要是我和你之間的感覺。

兩個人走在一起通常要同時符合四個可能性，雙方覺得人對了，同時雙方覺得時間也對了。人一個覺得對一個覺得不對，只是一廂情願，一個追一個逃，不會發生什麼。時間呢？如果兩個人是互相喜歡的，時間不對，還是無法走在一起。

所以「暗暗喜歡」是最安全的女生專利，因爲事實上不會發生什麼事情，精神上暗暗越軌一點風險都沒有。但如果忽然發現原來是有可能發生什麼的時候呢？對你來說一定變成一場豪賭，賭注太大了，會害怕輸或者不相信這是眞的。（我猜得對嗎？^^）

男生會這樣子嗎？我不知道，但我不會也不懂怎樣拿捏，更不會拿計算機去算。一旦喜歡上一個人，頭腦亂七八糟，心亂如麻，莫名其妙，要我不行動我會非常壓抑，脾氣極度暴躁，在冰下面的火山好想爆發又爆發不出來，胸口又悶又痛。二十六歲了，想不到今時今日居然還會這樣……

喜歡其實沒有理由，不過女生都喜歡聽理由，所以男生一時答不上笨到死，支支吾吾語無倫次答出來的話更笨到該下十八層地獄，最後愛聽理由的女生都被會講好聽話的男生搶走了。

LOVE

我眞的好喜歡你。

喜歡一個人你眼睛會跟著她身影走來走去，視線好難拿得開，早上心掛掛，中午心掛掛，晚上也心掛掛，睡不好，想起你會笑，怕你生氣，你被人欺負我會很憤怒，會緊張，會忌妒，會想有更多時間和你在一起，跟你一起心會跳……我好喜歡你，但沒有理由，只有這些症狀……

喜歡是一種不能壓抑的眞實感覺，我想雖然我極力讓自己成熟穩重，但骨子裡我還是很反叛任性的。只要我和你的感覺是對的，我不會管時間是對是錯，我不介意做一個自私的壞人。

雖然囉嗦也沒有保障，但我還是要講多一次，我現在眞的好喜歡你。（無論對錯，明明或暗暗，只有一秒或永遠，講出來而且重覆講很多次可都是我的權利呢，這點你一定無法拒絕。）

祝你幸福快樂^^

12 心跳不能靜止。

不用追問
緊抱著
就知道你為什麼難過
這時，全世界在緩緩轉動

十一月十三。

「昨夜很累，十一點四十五電話接不通，我就睡了。一點三十五驚醒，你沒有回電。好失望><」

「想打給你，又怕吵醒正要入睡的你*p*有好多話想告訴你，但又希望你能自己去感受，矛盾的心情反覆著，你能懂嗎」

「好想好想好想去懂，但你好歹給我一點點一點點一點點提示吧，什麼都不講，有時我像在猜啞謎呢……你看，我心急到口吃了」

「今天開始努力溫習了，不吵你，不打擾你」

「學到什麼是自己的，誰也拿不走，要努力啊」

「你也要努力啊」

「和你一起時間都很短，一晃就三四個小時，你的眼睛好美……」

「騙人^^」

「我很想對你笑，但你都低著頭不望我……」

「我害羞」

「少來啦你，壞人怎會害羞……如果可以，帶給喜歡的人一個微笑、一股希望、一道燦爛，我眞的會很快樂」

「那我現在笑得像不像個豬頭(^@@^)」

「你好討厭^^」

「每次約會後兩天都有憂鬱症，反正總會有個理由讓自己更不開心，或者我需要再見你多一點……」

「見多了你就會膩了」

這句話我不敢回答，實在不知道。

「星期三不用上班，我回家煲湯煮飯，吃飽了就寫封長信給你，要回啊」

「煲湯煮飯都不請我吃，我生氣>m<」

「你不用準備考試嗎」

「你管我>M<」

小m是生氣，大M是非常生氣，我逐漸看懂你的火星表情。「好吧，星期三約定了，OK？」

顯然，我們已不顧一切陷入熱戀中。我們再沒有討論過任何嚴肅的話題，只要碰面，就快快樂樂的做著每一件事情，說一些不著邊際或佻皮的話。我們日常的活動除了吃飯和看電影外就是在大街小巷裡找貓，你知道的街貓眞不少，而且每隻貓你都會另外爲牠取一個名字。

只要在公眾場合，我們還是保持一定的距離，在餐桌下面，會找機會偷碰對方的手，如果在電影院裡，就會很自然地互相摟作一團。通電話，一說就是兩三個小時。晚上我要工作，而你臨近考試，盡量克制下，只能互相拚命傳簡訊。

我的家是一間獨立的小套房，有獨立的門戶和衛浴廚房，距離學校只有五分鐘的步行時間，月租一萬五千元，因爲屋主是老汪，才會這麼便宜。

這是老汪的舊居，老婆小孩去美國後他就搬到餐廳去了，把本來佔用全層五十多坪的二樓公寓改建成三間套房出租，爲了讓門戶獨立還故意闢出一條走廊，三道大門一字排開，他說這樣既保持每一戶的獨立性鄰居間又可以守望相助，而我則取笑他是忘不了從前在香港住廉租屋的歲月，才有這樣浪費實用空間的傻瓜設計。

原意是只租給女生的，老汪相信我不會搞破壞才租給我，也希望我發現什麼八卦時可以通風報信。我是從來不理會人家閒事的，發生事情經常都是最後一個知道，老汪的如意算盤又一次失算了。

屋主都固執迷信，以爲男生比較惡搞，我卻總覺得女生的世界更複雜。因爲是獨立門戶，我又經常早出晚歸，所以只會在日常出入時偶然碰到鄰居，點頭打招呼，卻不會刻意聯誼。那是一對二十歲上下的親姐妹，各租了另外的三分之一。姐姐叫叮叮，妹妹叫Apple，Apple的男友脾氣相當暴躁，有幾次吵架被鎖在門外，拳打腳踢，最近把門鎖也砸壞了。當時，我下班回來睡得像死豬一樣，是老汪後來告訴我的。聽說，他還報了警。兩姐妹以爲是我做的好事，這幾天偶然碰到，叮叮笑容特別親切，頻說：「謝謝你幫忙報警。」我澄清：「真的不是我！」叮叮拍拍我肩膊：「肯定是你了，謝謝囉。」而Apple看見我，總有點臉色不善，也不知道是否自己心理作祟。

這是你第一次來我家，而我卻沒有時間悉心打掃乾淨。兩年來從來沒有過訪客，屋子實在太凌亂。來不及清理的東西，就全部堆在書桌上。

你進來時，小餐桌上已放好了一鍋羅宋湯和一盤蠔油花雕雞。

「好香，你要煮什麼東西？」

「花雕雞，羅宋湯，只差牛肉炒菜芯就好了。」

「嘩，好厲害！」

「那當然。我是天才小廚師。」我有點得意洋洋。

「臭美。」

「你隨便坐，我去炒菜。」

很久沒有炒菜了，看來好整以暇，暗地裡手忙腳亂。

回頭看你，你像小朋友走進了一個新發現的遊戲室，東張西望，周圍搜索，對書桌上那堆成一座小山的書本雜物特別感興趣。

「你家比我想像中大很多呢。」「這是什麼？」「這本書我也有。」「這筆座很可愛，你在哪裡買的？」每發現一樣新東西，你就大聲喊進來，我一邊炒菜，一邊回應。

牛肉炒菜芯是有點難度的，要菜芯炒得嫩嫩的不能太硬，而牛肉剛熟，油不能多，酒要少少，我專心炒完菜，才發覺你好像有十分鐘沒說話了。

我把菜端出來，看見你站在書桌前看著一疊照片出神。那疊照片我夾在一本舊書裡，誰知道還是被你翻出來了。那是大俠的照片。我拉你坐下，你的表情比我想像中沉重。

「這就是你從前養的波斯貓嗎？」

「是的，牠叫大俠。」

「你可以告訴我牠的故事嗎？」

「可以不說嗎？」我的心情也變沉重了，而你一直看著我。你的眼神，是我無法拒絕的。

「大俠是我養的第一隻貓，是我五歲時姑媽送的生日禮物，當時牠還未滿周歲。本來是叫小威的，沒多久，我就改叫牠大俠。我們一起長大，牠看起來非常高傲，心情好時卻有點佻皮。夏天牠喜歡躺在窗邊睡懶覺，冬天就往我的被窩裡鑽。

「牠在這世上活了十七歲，算是『貓瑞』。十四五歲時牠臉上生了些腫瘤，是癌症吧應該時日無多了，我爸堅持要把牠棄置，於是我跟爸翻臉了。那時我才十九歲剛進大學一年級，就這樣跟大俠搬出去了，在學校附近租了一個小套房，當時打工補習賺回來的錢都變成大俠的醫藥費。因爲忙於打工不多讀書，大學第一年就留級了，爲此我爸更生氣，兩年沒跟我說過一句話。

「大俠剛過十七歲生日沒多久，就發現嘴邊的黑色腫瘤無故出血，我急忙帶牠去看獸醫，醫生把有問題的部分割掉並拿去化驗。但不多久腫瘤再生，我亦明白大俠應該熬不過去了，於是開始給牠吃好味的貓罐頭（因腸胃敏感，大俠一直都只能吃醫生指定的貓藥和難吃到死的貓食），並給牠吃本來給人用的活靈芝補充劑，希望減慢癌細胞擴展。

「自從患病後，大俠性格變得更孤僻，整天一動不動坐在地上或睡在藤籃裡，怎麼逗牠都不理會，幾年來都沒再跟我睡過了。數星期後一晚，大俠卻一反常態，跳上床陪我睡了一會。第二天早上，大俠表現得沒精打采，且氣若遊絲。我知道大俠可能不行了，趕忙帶牠去見獸醫。

「路上，大俠並未如平常安靜的窩在貓籠裡，反而掙扎著，一直用爪敲打鐵絲。於是我放牠出來，抱著牠，撫摸牠的背，牠才慢慢安靜下來。獸醫認爲大俠的癌細胞已進一步擴散，拖延下去只會增加痛苦，於是……於是爲牠打了安樂死的針，結束了十七年的生命。」

我的眼睛一定好紅，只差沒有滴出眼淚。我也不敢看你，喃喃自語像個憤世的瘋子：「我跟自己說，我不會再養貓了。我爲什麼要接個親人回來，

只活得十來年就眼看著牠離開這個世界。有些人希望小孩子有一個玩伴，養寵物也可以帶來愛心和開心，但當寵物老了快死了爲怕小孩子難過就狠心把牠們丟掉，難道這樣是對的嗎？難道這是對的嗎？」

我的胸膛微微起伏著，一時無法壓下這激動的情緒，我從來沒有跟別人說過我對於大俠死去的感想。而你用兩手捉緊我的雙臂，把頭靠在我的肩膀，眼淚簌簌而下。

把紙巾遞給你，我強裝笑容：「對不起，我不應該這麼激動的。菜快冷了，我去拿啤酒。」

我站起身來，你卻一把拉住我，你的嘴唇貼向我的嘴唇，我們緊緊地擁抱著。

13 我不會騙你。

永遠忘不了　親吻你時淚珠的味道

那天晚上，一切自然不過。

沒有音樂，沒有燭光。房間裡非常陰暗，只有微弱的燈色從街外透進窗戶，我們緊緊的互相擁抱，像要把對方的身體融入自己的身體裡。我們深情的親吻著，探索彼此的體溫，當我輕輕解開你的衣服時，你全身輕微在顫抖。我親吻你燙熱的臉龐，親吻你的眼睛、耳朵、鼻子、嘴唇，我舔你的手指和掌心，你笑說我幹嘛像隻貓一樣。我緊握你的雙手，感覺你全身每一分每一寸的震動。像過了很久很久，又像只是剎那間的事情，當一切回復平靜，已經是深夜時分。

餐桌上的湯和菜，各自凝結起一層厚厚的油。

我們躺在床上看著窗外的微光，你把頭靠在我的胸膛上。夜，安靜如水，巷子裡偶然傳來幾聲貓叫。

「你餓了嗎？」我問。「我去把菜弄熱。」

你搖頭，抱著我：「我不餓。不要走開。」

我們繼續安靜的躺臥著，你似乎陷入了沉思。

於是我也不說話，手指撫弄著你捲曲幼細的頭髮，感覺非常脆弱。從上往下看你的側臉，捲曲的眼睫毛在微微顫動。

「其實——」我們幾乎同時開口。

你笑了：「你先說。」

「沒關係，你說。我喜歡看你的眼睛。」

「其實——」你的聲音幾乎細不可聞。「你喜歡我什麼？」

這問題我也想過，但一直沒有答案。

我搖搖頭：「我不知道。剛開始時也沒有什麼，後來不經不覺就迷上了，只要你經過，眼睛就會跟著你走來走去。」

「騙人。」你每次要笑時都會先從眼睛笑起來。

我忍不住輕吻你的眼睛。

「我不會騙你的。除了那些開玩笑一聽就知道是假的話。」

「你眞的不可以騙我。」你突然認眞起來。

或許目前我唯一可以做的，就是不騙你。我想起小玟。

「無論發生什麼事情，你都要跟我說實話。」

「好，我答應你。」

我並不覺得這樣答應你是一件冒險的蠢事，除非我能解決我跟小玟之間的關係，否則最起碼，我不應該騙你。

「你放心，我不會問你和她之間的事情，目前我OK。我也有我解決不了的問題。」

「你和Joe嗎？」你可以不問，我還是忍不住問了。

「不是啦！神經病，他是我好朋友而已。」

老實說我並不覺得Joe是這麼想。我只好沉默不語。

「那你覺得我漂亮嗎？」你忽然翻身壓在我身上。

「我說不漂亮會不會被殺掉？」我趁機拉開話題，故作輕佻。

「會。」你煞有介事。

「還可以。」我說。

你用力捏我手臂，很痛。

我轉身把你壓在下面，手指在你臉上掃過。「你知道嗎，我一直覺得你很特別。第一眼看過去不是最漂亮那種，看久了卻有一種奇異的吸引力，拚起來看不錯，如果分開來看的話，頭髮、眼睛、鼻子、額頭、嘴唇、耳朵，每一部分都很漂亮。我說眞的。」

「騙人。」我開始明白，只要你說這兩個字，都笑得特別甜。「你喜歡我，就是因爲我比較好騙吧？」

我沒有回答。

「不過被你騙得蠻開心的。」你兩眉之間突然泛紅，輕聲細語，嬌羞的樣子。「不知道爲什麼，你說的每一句話我都很認眞相信，有時候又會很擔心，如果你都是騙我的話，我就慘了……」

「我眞的沒騙你。我一直都在說眞話。」的確如此。

你突然翻身，力量好大。

「我可以咬你嗎？」你目光灼灼的說。

「不行！」這是我的死穴，我大聲抗議。「可以抓可以打，呵我癢也可以，就是不能咬。」

「你管我——」

你張牙舞爪向我靠近，我驚恐慘叫……

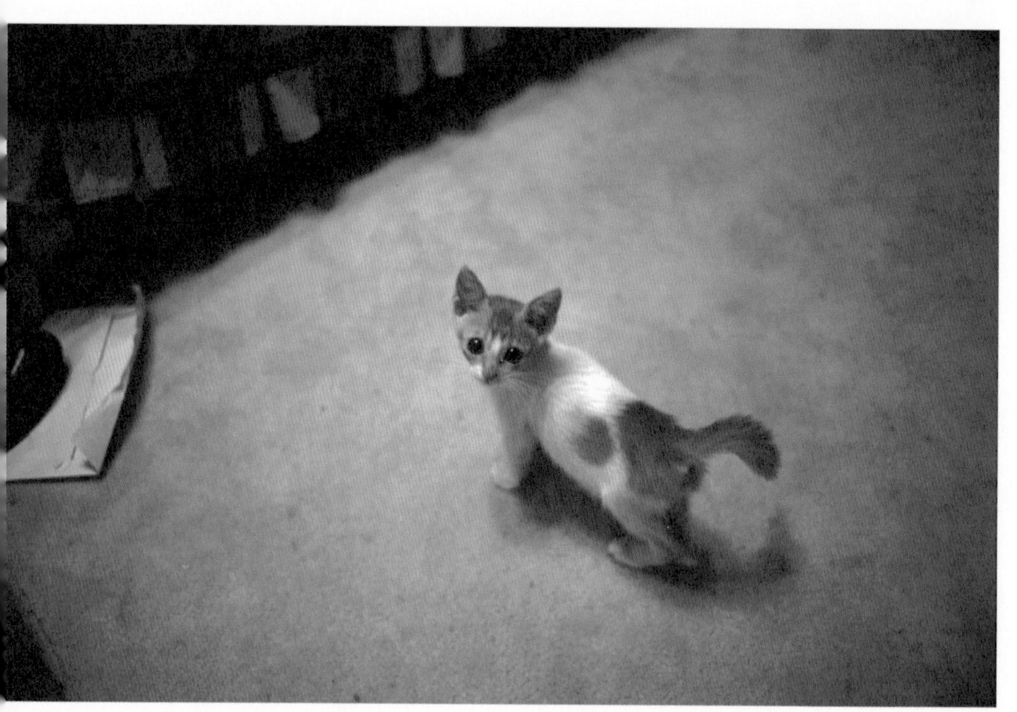

夜更深，我們相擁更緊。

「她漂亮嗎？」你突然問，眼睛看著窗外。

「我不喜歡比較。」

「唔。」你不再追問。

我沉默。想起我跟小玫雖然經常爭吵，但問題通常出在我身上，她當然也有缺點，但貶低她的說話我說不出口。

「你知道嗎……你是我的第二個……」

聽到這句說話，我並不快樂。

「我十四歲跟他拍拖，到我十八歲生日後才跟他……」說時你的臉靦腆害羞。「你懂我意思嗎？」

「我不懂。」我真的不懂。「我不懂為什麼你要告訴我這些？我並不想知道任何關於他的事情。」

你的聲音很細：「我只是想告訴你，我並不是個很隨便的女生。」

我相信。

你的聲音更細：「他一直對我很好。我以為我只會喜歡他一個，畢業後就嫁給他。」

我沉默。

「我沒想過會喜歡你，而且跟你這麼快……就……」

我有點生氣，不明白你想說什麼，想要發作，卻見你眼睛已泛紅。瞬間，我的心軟下來了。

「每次碰見你，心裡很快樂又很掙扎，如果我跟你開始了，我跟他的七年就結束了……」

我不會令你爲難的，我可以放棄。

我決定不再讓你說下去：「現在我只會想盡力讓你喜歡，或者是如果……你喊停，我就停。」我抱得你很緊，擔心一放手你就飛走。「我們的關係不會讓任何人知道，如果有一天你要回到他身邊，我會讓你走。」

你轉過頭來凝視著我，時間在這一刻眞的完全停止了。

「我不想停。」說罷，你親吻我的臉頰。

「我並不是一個大方的人，只是目前我也不知道該怎麼辦……如果有一天我要求你，除非我已經解決了自己的問題吧。」此情此境，我情願先把話說清楚。

「我明白，你不要說了。」你微笑。

我們親吻。雖然我從來不覺得自己是個幸運兒，但這刻卻感到無比的幸福和幸運。

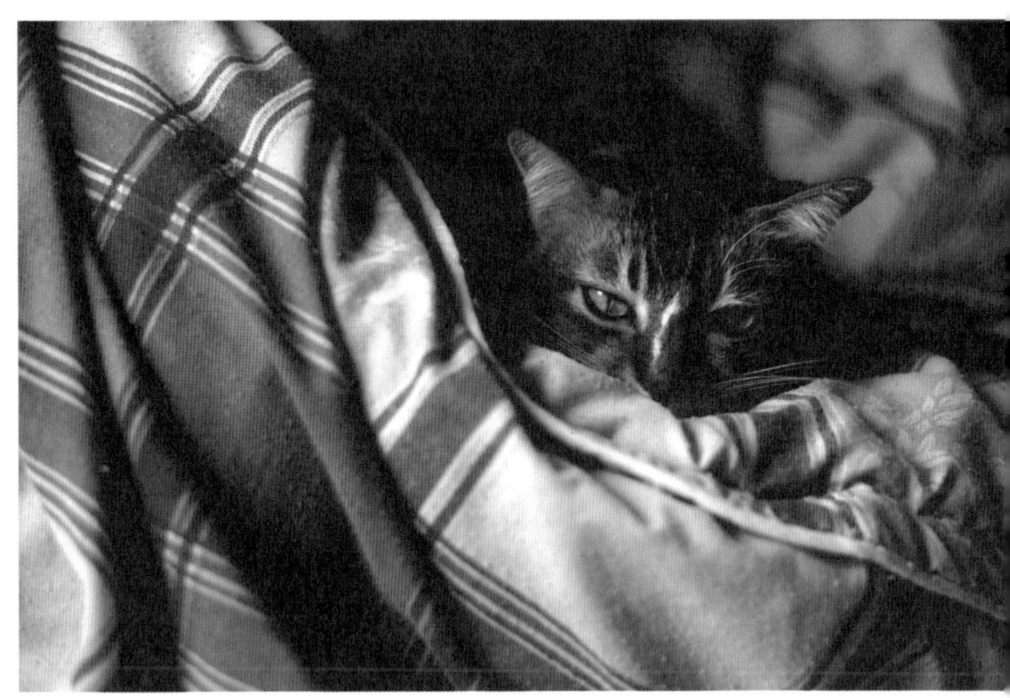

Cat.Love 14

你只曾為我煮過
簡單的濃湯
而我無法忘記
那一份幸福的味道

十一月二十九。

我們偷偷的交往著，一如往常的各自在校園裡走動，在遠遠的地方約會，如果在公眾場合，就一先一後，或一左一右，無人的時候，就手指勾住手指。我們沒有太多的地方可以去，我的家成爲了一個溫馨的小天地，在裡面我們激烈的擁吻，拚盡全力擁有對方。

夜深人靜，呼吸逐漸平伏，才留意到巷子裡的貓叫。

「你這麼喜歡貓，爲什麼家裡不養？」我忽然想起。

「唔……家人……不喜歡。」其實小玫也不喜歡貓。想起小玫，心情就有點冷下來了。

「我們養一隻貓在你家裡好嗎？」

「隨緣吧。」

我並不熱衷，此刻，我想起大俠。

「我們這樣算不算是偷情……」伏在我的懷裡，你問。

「應該算吧……聽說偷情都特別激烈的……」我嘗試開玩笑。

「因爲我們都不知道會不會有下一次嗎……」你卻非常認眞。

「你知道貓發情的時候是怎樣的嗎？」我問。

你抬頭用疑問的眼神看我。

「等到深夜，當所有人都睡著了，牠就會偷偷的跑到外面去，在月光下從一個屋簷跳到另一個屋簷，輕輕地叫喚，尋找牠要戀愛的對象……然後到天亮後你醒來了，走出廳外察看，牠懶懶地睡在客廳的沙發上，彷彿什麼事情都沒有發生過。」我頓了一頓，再說：「我們這種，叫做Cat.Love吧。」

「Cat.Love嗎……然後呢……」你聽得有點出神。

「然後……那隻貓懷孕了……生了七隻貓男，六隻貓女……」

你用力搥我，我大笑。

如果火車沒有到站，
它可能已經脫軌了。

第2部

意外。

人生總是充滿意外的，當意外發生，本來已成定向的軌跡就必須重新改道。

故事重新開始在我因一宗交通意外昏迷又醒過來之後，唉，該怎麼說呢？每天，全世界都會有無數男女碰到交通意外：兩車相撞，或一部車撞倒了一個人、一隻小動物、甚至一株樹、一塊鐵板、或司機臨危不亂，緊急把車煞停，結果是後面的乘客撞傷了。交通意外的肇因多數是當事人在趕路或想事情，心不在焉注意力分散，來不及避開危險。但無論你有什麼事情趕著要辦，只要碰上交通意外，就必然被耽誤了，甚至被逼臨時取消了。如果你在交通意外中死去，你就一輩子無法再完成這件事，或為此事再發表任何意見。

命運總是令人無可奈何，不過，我還是決定用輕鬆的手法去寫。你知道的，你是這個故事最重要的讀者，而我和你都非常厭惡沉重的感覺，所以我沒必要再用數萬字的憂鬱來擠壓過去，逼使我們一再記起那些不愉快的部分，卻更加速忘記了它仍殘留著的種種甜蜜和歡愉。愛情就像吃下一片薄薄的純度八十以上的黑巧克力，雖然隱約嚐到當中有點苦澀，但瞬間融化的香和甜卻馬上把你充滿，連科學家都研究出來了，吃巧克力可讓大腦感到快樂，即使咀嚼的過程中略有點苦。

愛情，應該是快樂的，即使帶苦，也是淒美。

扯太遠了，還是回到交通意外吧。

曾經有一位偉大的醫生說過（我好像是在一本漫畫中看到的）：「生什麼病都好，生病總有方法應付，千萬不要死於交通意外。」當時，他火速趕到現場，但他的好友已經死亡。

交通意外是如此突然的一件事，不可預測，更無法控制，卻天天在發生，到處在發生。

而我本來在想得入神並趕著要做的那件事情，因爲被車撞倒而中斷了，我足足昏迷了四年五個月又十八天，才終於醒過來。

於是，我又可以重新面對它。

無論如何，這也可算是一次難得的好運。

1／那一場交通意外。

你問我生死的距離
我說：一秒

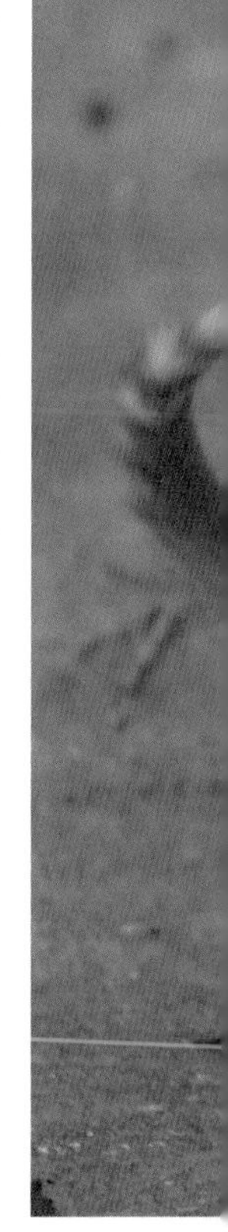

十二月二十三，耶誕前夕。當時我正蹲在一家商店的門外，模仿你的方式安撫這店家飼養的貓咪。已經忘記是什麼商店什麼貓了，那天我非常煩惱，但手掌撫過牠的背，牠的毛髮綿密柔軟，非常舒服，肌肉的生命力和跳動的體溫，奇妙的觸感像磁力般吸引著我的掌心，使我不願離牠而去。我邊逗弄牠邊想事情，不知是否無意中把牠弄痛了，還是牠瞿然發現到什麼天敵或獵物，只見牠瞬間從我的掌握中竄出，倉皇地闖進馬路。

馬路上不停有車經過，有些車開得極快。我彷彿聽見驚怒的汽車響號和猛踩煞車的聲音，本能地往前追出兩步……還是我走出兩步，聲音才衝著我而來？記不清楚了。我雖然是一個非常愛貓又個性衝動的人，卻不至於爲一隻亂闖馬路的貓拚命吧，但在神思不屬的狀態下跨出這兩步畢竟已註成大錯，一輛龐然巨物猛然向我撞來，我看不清楚是什麼型號的快車居然可以開成這種速度，頃刻間，我甚至沒有感到任何痛楚，就此失去了意識。

你或許從電影中或小說中看過無數角色被撞擊而昏迷的版本，但只有你眞正經歷過，才會清楚昏迷是什麼一回事。有一段時間，我確信我能感知自己的存在，但對自己的軀體毫無感覺，也沒有指派它的能力，連指尖或眼皮都無法動一動，想深吸一口氣也不可。靈魂被囚禁在驅殼裡無法逃離，更無法做出任何行動，我彷彿聽到哭聲，有人大聲呼喊我的名字，但隨即又聽見許多人在笑語。眼前閃過無數畫面，卻無法思考，記不起任何名號，更遑論把它們組合成有意義的訊息。於是，我開始懷疑自己的存在，眞實和幻覺混亂堆疊，我感到非常疲累，慢慢地或一瞬間，又再度陷入昏昏沉沉之中。

是的，我應已失去了時間感。像一個人喝得大醉然後躲回自己的窩裡，關掉所有聲音和燈光，醒醒睡睡，如眞如夢，可能這一場夢只上演了五分鐘，也可能我昏迷了多久，它就斷斷續續地演出多久了。說來也是幸運，從頭到尾，我並沒有感覺到任何身體上的痛楚，彷彿我只是眞的大醉了一場，然後迷迷糊糊地睡了四年多，直到最後，大量畫面和聲音洶湧而來，無數的貓在眼前跳來跳去，許多人物的影像，酒杯碰擊，數字亂碼，所有東西以極速攻佔我的腦袋，我感到頭腦不斷變大，像個擴充已達極限的氣球，身體發軟，呼吸困難，我的胸膛快被撕破，我想大聲呼喊但沒能製造出任何聲音，我感到自己兩手用力握拳，兩腳伸直，全身繃緊，所有的畫面和聲音繼續擠壓我的心和肺、腦袋和快要脹裂的全部血管，我無法呼吸，感到窒息——然後，我終於張開了眼睛。

我安靜的躺臥著，胸膛起伏不定。眼前先看到天花板，然後勉力低頭，就看見自己的床尾，可以猜想自己大概在一間醫院病房裡。一隻波斯貓靜靜坐在我的腳旁，以招財貓的姿態向我揮手，另一隻活力充沛的黃色貓在床後的沙發上跳來跳去。我隨即想到一個醫院傳說，說醫院養的貓都會挑死人，誰將離世牠們就會在那人離世前跑到其床邊駐足，讓勾魂使者易於辨認。我受此想法一嚇後更清醒三分，意識到自己的靈魂尚在軀殼，而且身體各部份都能感覺到，我閉目凝神，更想起那波斯貓叫「大俠」，黃色貓叫「冬瓜」。

但不對啊？這兩隻貓我分別認識在不同時間地點，絕不可能走在一起！

我鼓起勇氣再次張開眼睛，兩隻貓卻都消失不見了。

儘管視線依然模糊，我相信自己已完全清醒，只是欠缺一副數百度的近視眼鏡而已。無論剛才是否幻覺，我應該已活過來了，靈魂與健全的軀殼同在。我嘗試向兩側張望，床的左邊靠牆有一個小小的窗戶，天色是夜晚，右側是一道長簾，大概是用來遮隔我和另一個昏迷中的病人。一個短頭髮的少女伏睡在我右邊的腰際，我只看見她三分之一臉，隱約記得她是誰，於是用右手拍了她一下。

她肩膀用力擺動了數下，但仍無法從睡夢中掙脫，我再用力拍打她數下，她張開眼睛與我對視，頃刻，整個人嚇得跳起來。她的眼睛本來就不小，如今睜大得差沒掉出來，她的嘴巴小小的，如今也張開得老大。

我從小就喜歡看她這個表情，百看不厭。我想起我平常都叫她小玫，但我喉嚨乾涸、口舌僵硬、無法說話，只好向她點頭微笑。

你蹲在岸的邊緣　撿起一顆海星

小叮噹是女孩子。2

重新領略：海洋的本性

我大概花了三個月的復健治療，才勉強活得像回一個正常人，走路不會一拐一拐，也不會吃飯吃到一半其中一根筷子突然脫手掉下來。

醫學報告說我被一輛高速行經的小貨車挨擦撞倒，頭部撞在地上受到猛烈震盪，大腦皮層積聚瘀血，身上多處骨折，尤其右肩、右手及右腳踝，但沒有損及內臟。送院時已陷入半昏迷狀態，其後失去意識，有機會醒來，卻無法確定時間。我是在台北遇到交通意外的，遇事後父母從香港飛來，幫我換了數家醫院，數週後身體回復穩定，即空運我回香港休養。住院九個月身體裡外傷都已大致癒合，但仍全身癱瘓失去意識，動了兩次腦部清除瘀血手術。從交通意外到醒來，是四年五個月又十八天，猶幸身邊的親人期間都沒有出大狀況，我安慰父母說，可能是我大難不死，把大家的劫數都擋過了，未來一二十年，我們都會平平安安。

爸媽聽到我甦醒的消息，火速趕來，當時我身上東一條西一條管線插著，旁邊一堆醫生護士，媽沒看見我前應該已經把眼睛哭腫了，一時間卻擠不進來。從我拍醒小玫的那一刻起，小玫就一直關切地張著大眼睛看我，我們沒有對話，但眼神一刻都無法離開對方，直到護士到來，直到醫生到來，然後是媽到了，卻擠不進我床邊，於是她抱起嬌小的小玫，兩個人大哭大鬧，互相慰藉，一發不可收拾。然後我看見爸，我們四目交投，這個多年來跟我不相往來的強硬大男人，厚重的老花眼鏡後熱淚盈眶，我和他的仇恨自這一刻起應都煙消雲散了。

小玫一直陪伴著我，不是每一天，大概每週三四天，都會來看我。開始時我們交談不多，實在不知從何說起，腦袋空白太久了，需要很多時間把事情像拚圖般一件一件重新拚湊還原。這或許就是腦震盪的後遺症。據說人類的腦細胞最多只被開發了百分之六，換句話說，我們能夠理解自己的部分，最多也不過是百分之六而已，餘下百分之九十四的腦細胞在我們的生命中到底擔當什麼角色，究竟儲藏了什麼不為人知的秘密能量，人類至今不悟。這一次腦部重擊，卻進一步將我僅有的百分之六的自己砸碎成千百片，記憶不再按任何邏輯條理存在，而只是躲藏在大片空白旁邊的某個角落，以一種混亂無序的姿態堆疊成山。我開始相信：一個人如果喪失了所有記憶，他就完全失去自己了。

我和小玫七歲入讀小學時就是同班同學，十五歲開始瞞著家人交往，十六歲時彼此的父母都知道有對方這一號人物，卻監管更嚴，直到十九歲我們都認為自己長大成人了，於是在大學附近合租了一個小居室，成為我們的甜蜜小天地。畢業後剛出社會工作，才發覺當一個眞正的成年人太不容易，各類型的挑戰和壓力令雙方都受不了，彼此的生活模式格格不入，爭吵愈來愈頻密也愈激烈，卻又捨不得分手，後來我決定逃離現場，一個人跑到台北半工半讀研究學位，和小玫的關係就凍結在這個階段。

從七歲到二十三歲大學畢業前，我們有過太多愉快的經歷，和數之不盡的一起成長的舊相識老朋友，共同的話題實在多不勝數。偶然提起一件童年的趣事，我皺眉想了很久也想不起來，小玫就微枝末節地一一細說，然後我們都笑作一團。

兩天前我正式出院，來探望問好或參觀奇蹟的親朋好友絡繹不絕，從早到晚應接不暇。今天終於可以和小玫單獨相處，心情特別好，自午飯後我們一直聊天，後來又在同一家餐廳吃完晚飯。她堅持今次是她送我回家，最後卻坐在我家門外的小公園，可以感覺到：我有些事情一直想跟她表明卻無法下定決心付諸行動，而她似乎也陷於差不多的處境。

「你的記憶力真是好到嚇死人。」今天我已經不只一次這樣稱讚她，顯然我開始找不到新的閒聊話題。

小玫搖搖頭：「也不一定，只是局限於某一些事情而已。」

「不只一些了，我們差不多把七歲到二十三歲的故事都聊光了。」

「是嗎？」小玫低頭微笑，不置可否。

我大著膽子，左手握著她的右手，她沒有反應，只是被動地讓我握著。

「是因爲裡面都有我嗎？」

「我都只會記得些不快樂的事情。」她搖搖頭，卻沒有要掙脫我手的意思，眼睛仍注視著地上的昏黃燈光。

「不會呀，我們剛剛聊到的許多故事，都是很快樂的呀！」我的手掌僵硬，手心隱約開始冒汗，但嘴巴還是強作鎮定，故作天眞。

「你知道我個性的。」小玫驀地轉頭凝視我。「即使是很快樂的事情，因爲同時想到你，就變成不快樂了。」

心頭一跳，反而更用力把小玫的手握緊，但我沒有說話。

我和小玫是從小一起長大的，我了解她的個性，就跟她了解我一樣深。她騙不了我，我也總是騙不了她。她是一個坦率善良的女孩子，在感情上卻是完美主義者，容不下當中會出現一粒砂子。她從來不騙我，我卻經常騙她，有時候只是男孩子的心性，不想被管就隨便撒謊，實在沒有做過什麼不忠的壞事，但就是偏偏選擇用騙的，惹來她的大脾氣。

「小事情騙騙當玩的，重要事情我絕對不會騙你！」我經常這樣分辯。

「無關重要的你都喜歡騙，重要事情更不會老實了。」她總是這樣冷冷的回應，派給我一張「你就是這副德性」的永久保用證明書。

從七歲到二十三歲，如果快樂的事情也記得這麼清楚，不快樂的片段更不可能褪色半分吧。

「我那天醒來前你說了很多話，是嗎？」我嘗試轉移話題。

「唔。」語氣好冷。

「但我完全記不起來了，成堆的聲音和畫面幾乎脹破我的腦袋，醒來時頭殼卻像裂開成兩半，什麼都飛跑了。老實說，你究意跟我說了什麼魔法語，把我一下子嚇醒了？」我笑笑，嘗試語氣更輕鬆。

「我不想再說一遍了，不記得就算了。」小玫別過了頭，怪怪的。

「跟貓有關的嗎？醒來前我腦中飛來飛去很多貓的畫面。」我不識趣地繼續追問。

「如果我也喜歡貓的話，我們應該會比較快樂吧？」怎麼突然扯到另一邊去了！

「你不是不喜歡貓，只是對貓毛敏感而已。」我應付著。

「不只是這樣的，有時我覺得你喜歡貓更甚於喜歡我，大學住在一起的時期，我們就為你的貓爭吵過很多次，最後我搬回家去了。」

「那時我的確有點像個瘋子……」

「不，我一直想跟你說對不起，當時我實在不明白你的感受。」她的說話讓我很不自在，如果我要跟她說「對不起」，最少有數十件比這更可怕的事情。

「都過去了。而且——」我嘗試鼓起勇氣。

「不要跟我說你喜歡我時就知道我不喜歡貓這種爛對白。」大概感到先前氣氛太沉重吧，小玫開始活潑起來，伸食指指向我的鼻尖說。

「唔……還有……」

「你不會說可以為了喜歡我就不再喜歡貓吧？做不到的事情不要說啊。」食指在我面前搖晃，邊說邊笑。

「我是要說：我是發瘋了喜歡貓沒錯，但你不覺得自己也長得挺像貓的嗎？」

「神經病！我哪裡像！」

「圓圓的大眼睛，小鼻子小嘴巴，皮膚白皙，身材嬌小，不是活脫一隻Hello Kitty嗎？」

「都幾歲了？還像Hello Kitty！」

「將來老了，上下拉一拉，就更像一隻傻豹。」

她開始有點生氣。「拉什麼？臉皮嗎？你明知道我不喜歡粉紅色的。」

我看著小玫，過了好一會兒，才說：「我記得你喜歡藍色。短頭髮卻遮著兩邊耳朵，圓圓的臉，活脫就是小叮噹。」

她用力打了我一拳：「去死啦你。」

「A仔有一隻貓，也是叫小叮噹，跟你也蠻像的。唔，簡直一模一樣！」

「哪一個A仔？」

「本來唸法律，後來跑去寫流行曲。大學的時候，我留長頭髮梳馬尾，你卻只喜歡短頭髮，朋友都說我們雌雄互調，說我有點娘娘的，於是我遊說A仔也留長頭髮，結果他把頭髮留長了，卻學非洲人梳成數十條小辮子。」

我說畢大笑，小玫反而靜下來了。

「如果我是小叮噹，我喜歡的就是大雄了。」為什麼仍停留在本來的話題上？

「搞錯了，大雄喜歡的是小靜，不是小叮噹啊。」

「我知道。」小玫笑笑，沒有再講話，這時，我才發現自己說錯話了。

「喂你失憶了，小叮噹是男的。」我將錯就錯，希望減輕損害。

「如果小叮噹是男的，後來就不會改名叫做多啦A夢了。」我來不及搭腔，小玫緊接著：「或許小叮噹就是發現大雄喜歡的原來是小靜，才扯謊說自己是男的，然後再默默照顧他。」

我嘗試更用力的握著她的手：「我不是大雄，我──」

她再次打斷：「你當然不是大雄，你比大雄聰明太多了。」

我一時語塞。

「你台北的女朋友，一定是個愛貓的女孩子。」

「我哪有？」我本能反應。

「別再騙我了。余輝的雜誌專欄我都有看，尤其台北的部分……那時候，你應該是故意寫給我看的吧。」

這一次措手不及。

沉默。良久。

「時候不早了，還是回去吧。」她笑笑，站起身來：「你還是老樣子沒變，不敢跟我說眞話。」

我聽著，沒有追問或反駁。

她深深地望著我，這個緊握著她手卻坐著發呆的男人。

我終於把手放開，跑到路邊攔了一輛計程車。

她上車，沒有再望我一眼。

兩人設計的角色。3

我和我的影子跳舞
一前一後，一左一右
我和我的影子跳舞
他笑了，

我沒有

想不到多年之後，我和小玫的約會仍是以這種習慣模式結束，一言不合就趕快分開，避免正面衝撞。

其實我已經不是老樣子了，我的心中有另一個答案，但當時，我只懂得緊握她的手，卻沒把握清楚地說出所有心事。

我想了一個晚上，隔天還是決定去找余輝。余輝是我從小到大的玩伴，小時候已經很胖，長大後身高一七五公分左右，卻超過二百公斤重。大學時留美，因爲多次追求女孩子失敗，痛心減肥，最後居然變得玉樹臨風。後遺症是一朝得志，四處結交女朋友，自命風流，玩世不恭。余輝本來叫余什麼輝連老朋友都幾乎想不起來了，我們從小就叫他「魚頭輝」，取笑他臉小身大，某次好朋友聚會，他帶著一個漂亮的日藉女朋友同來，我們還是大叫「魚頭輝」，女朋友皺眉詢問，只見他不慌不忙地回答：「你中文不好聽錯了，那是我的專欄筆名，叫做『餘暉』，落日的餘暉，你說浪漫不浪漫？」這小子的聲音充滿磁性魅力，不寫專欄的話，應該轉行去做廣播。後來他的筆名眞的改做「餘暉」，專寫些裝模作樣的東西，而一班好朋友也跟著改口，不好意思再當衆叫他「魚頭輝」了。

余輝跟小玫個性不合，從小就是冤家對頭，提起余輝，小玫就會驀然臉色一沉，但每逢我陷於困境，余輝就是我的救生圈及避難所。例如某次我離家出走一星期，其實是住在余輝家，卻跟小玫扯謊說是去了四眼明的家裡。四眼明也是我們七小福之一，爲人老實，卻被逼爲我們圓謊十多年，抱怨至今。余輝有一句口頭禪：「兄弟就是對人不對事，我永遠站在你這邊。」四眼明有天忍不住問：「難道我殺人放火，你也跟著幹？」余輝大笑：「你有膽量殺人放火，就不是四眼明啦！更不會是我的兄弟！」

我坐在余輝對面自斟自飲，他的電話此起彼落，沒完沒了。「天氣轉涼了，記得多穿衣服，嗯，我跟好朋友喝酒聊天，你不要太晚，自己小心回家。」幾乎一模一樣的對白，十分鐘內在我面前說了三次。

我一邊搖頭苦笑，一邊喝著藍帶干邑(Cordon Bleu)。

余輝終於把電話掛斷：「笑什麼笑？對白一樣，才不會記錯。」

「最好名字也是一樣。」我懶懶的說。

我們大笑，碰杯，一飲而盡。

「什麼時候改喝Cordon Bleu了？」

「忘記了嗎？是你說的，這個角色要走在潮流之先。我最近對外的說法是：十年前流行紅白酒之時，我們已經在喝威士忌加水不加冰了，現在我深信三十年前的白蘭地干邑潮流，三五年內又會蔚然成風。」

「愈玩愈大，變潮流專家了。找到贊助商沒？」我會心微笑。

「兩個。」余輝得意洋洋。

「佩服佩服。這麼會做生意，難怪花錢花成這樣，還沒破產。」我環視他家裡的裝潢和設備，雖不是頂級消費，卻已是尖端格局了。

余輝是少數在香港吃得開的雜誌社長兼專欄作家，而且可能是最年輕英俊的一個，數年不見，目前已擁有兩份時尚雜誌，又幫其他書刊寫專欄，題目包括吃喝玩樂及時尚潮流，也寫影評及填歌詞，還有旅行隨筆和散文小說。余輝以多才多藝又多產見稱，那是一個我們共同設計的人物形像。

「這幾年沒有你幫忙，阿傑、小丙和豬仔又淡出了，剩下四眼明、鐵頭梁和我，寫來寫去都是舊把戲，雖然有一班固定讀者，我自己卻快悶死了。」

六七年前佘輝自美國歸來，決心進軍出版界。當時六個好朋友分處美國東西岸、台灣、日本、英國及澳洲，於是我們想出了七小福同盟騙稿費計畫，把佘輝塑造成一天到晚周遊列國多才多藝的貴公子，然後由我們七個人分擔各地的旅遊、時尚及美食專訪，另外各憑自己的專長提供資料：例如我和阿傑負責街頭攝影，和四眼明各寫些愛情小品，再把故事現場轉移到各地。鐵頭梁專攻體育和時事，小丙和豬仔則負責電影、跑車及影音科技。佘輝演這角色如魚得水，何況他記憶力驚人，口甜舌滑，凡事知道兩分就能講到十分，而我負責整合每篇稿的語調，修補漏洞，設計新專欄。於是，佘輝不出半年就暴紅，成功攻佔各大報章雜誌地盤。佘輝是首領兼代言人，每張稿費分三成，我是製作總監分一成，其餘五成為個人酬勞，剩一成捐兒童助學基金。

佘輝突然遞給我一張支票：「今天不醉無歸。趁我現在清醒，先分錢。」

我看看銀碼，港幣接近七位數字！

「兄弟，我現在確實很窮，但我不是來找你借錢的，我也沒跟你合股過什麼。」我雖然感激，但朋友是不需要施捨的。

「這個角色基本上是你設計出來的，然後由我來演。我就是你，你就是我。從前我三你一，這幾年我臺前兼幕後，你卻躺在床上睡大覺，所以我七你一，就是這個數了。」余輝雙眼通紅，語帶哽咽。

「不要搞煽情了。我才不像你，你的生活比隻發春的貓還要亂。」我笑說，舉酒杯過鼻，遮擋發紅的眼睛。

「哪有貓不發春的？除非被閹掉了。我是野貓，你比較住家。我貪吃不挑，你嘴比較挑。我有空，你沒空。我膽大，你膽小。我帥，你不夠我帥。所以——」話沒說完，我倆已經笑翻了。「所以你的夢想，就只好寄託在我身上了。」余輝仍堅持把他的臭屁話說完。

「我的夢想，可不是左擁右抱。」我已有幾分醉意。

「那你選擇小玫，還是台北那位貓女？」余輝雙眼直視著我。

「哪位貓女？」我本能地裝傻。

余輝從身後搬出一堆舊雜誌：「你稿子裡的這個。」

4 小說，於某年某日。

我們的愛情
像曇花
一開即落

平凡人都無法隱藏秘密，我顯然不是例外。其中最多人會不經意以夢話或醉話或衝口而出的方式洩密，當場被逮。也有些人會把秘密只告訴他最信任的人，然而每一個人都有另一個他最信任的第三者，於是一個傳一個，最後街知巷聞。余輝處理秘密的方式是將它們以近乎相同的姿態不斷複製，於是他與不同女人擁有近乎相同的秘密，當中極微小的破綻，不容易被察覺。而我處理秘密的方式是把它們改寫成一篇篇故事，只要這些故事公開發表後，作品就不再屬於作者；秘密已被公諸於世，我的心中也就回復一片坦然。

昏迷前我想到了一種寫小說的方式，然後鉅細無遺地把我和你的秘密寫在裡面，知我者余輝，他看到投稿後無須多問，就已經心中有數。然而我重閱後卻心存疑問，無法確認這些細節是眞有其事，還是爲了投稿而憑空杜撰。一個人不斷重複說謊，最後連他自己都會相信；一個人不斷重複說眞話，最後卻往往連自己都開始懷疑。或許某天你讀到這些情節，可以告訴我是否眞有其事地發生過。

專欄：Cat. Love

集一：不是狗

一隻小貓睡在溫馨的陽光下，慵懶的睡姿說不出的可愛，任誰經過，都想輕撫一下牠瘦削卻溫柔的身段。

一股陌生的氣息，悄悄靠近。

小貓驚覺這氣息竟是衝著牠而來，猛然跳起，雙眼睜得老大瞪視前方，全身幼毛直豎。連尾巴也衝天而起，上身以一種誇張的下壓姿勢，彷彿蓄勢待撲，前爪輕輕刮著掌下的椅子，發出微弱卻刺耳的破音。白牙齒的嘴巴張開，喵喵聲不懷好意。

誰敢靠近，這種神經質的女孩子？

陌生的氣息，瞬間走遠。

（後面的內容就是前面第一部的故事，這裡，我就不再重覆了。）

1 冰冷的六月

「兄弟說實話，不要裝傻了，你看稿子的神情告訴我你沒有把她忘了。」

「的確沒有。」我抬頭苦笑：「只是每次想起時都閃過許多貓的畫面，有點混亂，我也不太願意想得太清楚。」

「是因爲小玫的關係嗎？」

我不回答，低頭看稿，余輝也不追問。

余輝見我一邊看稿一邊偷笑，忍不住問：「笑什麼啦？」

「我以爲你會把我寫如何騙美食專欄稿費的這幾句刪走的，誰知你竟然一字不漏刊登出來。」

「怕什麼？人就是這麼奇怪的動物。你明說眞話，反而無人相信，你搞小動作，人家反而肯定你心中有鬼。」余輝顯然意有所指。

我皺眉：「少玩這套，直接講清楚吧。」

「例如小玫看見這些故事，即使用我的名字發表，卻肯定裡面說的是你。」余輝晃動著酒杯，一副幸災樂禍的表情。

「難道我應該把它寫成貓的童話？全部角色由貓來演？」

「你本來連半個字都不應該寫的。」

我無言。只好繼續看稿，跌進回憶。

看罷第一篇，我翻到雜誌的版權頁：「這是第一篇吧，應該在我出意外前半年你就收到了，為什麼隔了一整年才發表？」

「你先告訴我：為什麼要這樣寫？」

「誰叫你說寫詩沒市場，什麼今天都是按字數計稿費，情願寫垃圾散文或口水小說也不要寫詩的。」

「我不是問這個。你不覺得自己很蠢嗎？小玫看見了怎麼辦？」

我想了一下。「我也不知道。可能當時我暗地裡是希望小玫看見後，我們的問題就都解決了。……嗯，所以你是眼見我做了半年植物人無起色，才幫我完成遺願囉？」

「是因爲我記起你曾跟我說：在八百字的小說後加上四十字的插曲，等於增加了百分之五的利潤，同時成功地把故事拖得更長。」

我倆大笑。

余輝總是遷就我的個性，只要我不願意深談，他就會馬上扯得更遠。

我翻開另一本雜誌，故事名叫〈生日快樂〉。

余輝：「想不到芷希跟我是同一天生日。」

我想了一會：「她生日是九月二日，比你早一週，我故意把生日推後而已。」

「爲什麼？」

「保護她吧……怕被她的朋友發現。」我和你的關係，是一直深深的隱藏在地下的。

我翻完第二本雜誌，閉目沉思。回憶像陽光穿不過牆壁，卻留下背後一大片陰影，裡面模糊不可辨認。當時間過去，那陰影愈是幽深，如果你放任自己沉浸在回憶中，就會陷入不能自拔的迷茫。

「醉了嗎？」

「用回憶下酒，特別容易醉。」我頓了一頓：「何況我的記憶大部分已經

被清除了。一片混亂，不清不楚。」

「失憶嗎？」余輝皺眉。

「很扯吧？」我有點無奈。「如果你知道這世界上有多少人患上失憶？有多少人遇過交通意外？那就知道這是多麼平常的一件事了。」我已經有點口齒不清，心中憤憤不平，又搶乾了一杯。

「醉了就不要喝啦。」

「不過跟好朋友對飲，又讓我清醒過來了。」我笑。

「爲什麼有些篇幅沒有插曲？」我問余輝。

「拜託！任何新形式重複到第三次，就會變成老套，必須有所變化。」

「你把我最堅持的原則拿走了，後面還有什麼意思？」

「你一輩子就是爲了堅持那些可有可無的原則，拖拖拉拉，不知錯過了多少事情，做人跳脫一點好不好！」

故事只寫到十一月尾，交通意外卻是在耶誕節前夕。中間二十多天發生了什麼事情，記憶裡完全空白。

我躺在床上，靈魂與軀殼保持著若即若離的關係。兩隻貓一左一右躺在我的臂彎：一隻全身烏黑，綠眼睛，白色的鬍子；另一隻全身是斑爛的虎紋，眼睛總是眯成一線。如果是男的，我一定爲牠們取名石黑龍和黃小虎，可惜兩只貓都是女的，而我無法記起牠們本來該有的名字，只隱約記得牠們都是冬瓜的孩子。目前，我就跟爸媽稱呼牠們爲「小黑」和「花妹」。

陷於昏迷期間，爸媽把我在台北的家當都裝箱運回香港，屋主老汪表示這兩隻貓是我新收養的，於是爸媽也把牠們接回來了。當時，牠們只有數個月大，可能是愛屋及烏，尤其是爸爸，這幾年來一直非常悉心照料牠們。

我回家第三天就跟兩隻貓打成一片。小黑活躍好動，我弄來三個紙箱跟牠玩迷宮遊戲，牠就在箱子間鑽來鑽去，縱跳如飛。花妹比較慵懶，最喜歡躺在我懷裡午睡。

這並不是余輝說的堅持原則，而是一種牽繫和接軌，例如因爲是我養的貓，所以爸媽在失去我的悲痛之餘，就必定會爲我而繼續養育牠們。假如我先前沒有小玫，跟你的交往就必定會毫不猶豫，假如我醒來時陪伴在旁邊的是你，一切也將迎刃而解。而當我發現這幾年一直是小玫陪伴我的時候，本來的軌跡就很自然地改變了方向，我再次跟小玫接軌了，而牽繫比從前更深。

「你乾脆當先前什麼都沒有發生過，跟小玫重新開始就好啦。」那天余輝說。

「我沒想到小玫會一直陪伴在我身旁。」我實在欠小玫很多。「但我確然記得我昏迷前深愛的是另一個人。」我苦笑：「小玫一定可以察覺我並沒有百分之百的向著她。」

「那你就約那個貓女出來，可能你們一碰面就發現不來電了，不就解決了嗎？她四五年來沒找過你，按我的經驗，無論任何原因，在她來說這段關係應該早就結束了。」

我抬頭看著余輝：「輝哥，你還記得你大學時期的學生編號嗎？從前進出校園，幾乎每天都要用它吧。」

余輝搖頭：「出來工作幾年了？誰還會記得起這種用不上的號碼？」

我苦笑：「幾年前幾乎天天都用著的號碼，連你記性這麼好的正常人都忘記了，你能指望我滿腦子空白四五年後，仍能記得她的電話號碼嗎？」

「沒有紀錄嗎？」

「我的手機交通意外時就摔壞了，號碼後來也註銷了，我甚至忘記了所有密碼：我的電郵戶口，MSN，部落格，銀行戶口，筆記本電腦……我醒來後背了十多次，才熟記我自己的身份證字號。我跟你第一次聯絡，也是打到你登在雜誌內頁的廣告查詢號碼。」

「後來的二十幾天，你猜會發生什麼事情？」那天我問余輝。

「火燒得那麼快，最後不是要鬧結婚，就必定是吵大架。」

「哪有這麼嚴重？」

「我在報紙上開愛情信箱快六年了，相信我啦，一定都是這樣。」

「我不相信。」

「不相信的話，你自己回去找答案嘛。」余輝最後結論：「我建議你還是飛一次台北吧——你的毛病並不是失憶，而是一天到晚選擇了一個人，心裡卻想著另外一個。」

我用一捆菜的價錢
售出所有玫塊
只留下一朵，緊緊握在手中

5 往事知多少。

余輝每次都直接擊中我的要害，令我完全投降。

我決定聽余輝說，去台北走一趟，最好能遇見你，最低限度，可以重拾更多回憶，了斷過去。

去台北前一天，我找小玫晚飯，談天說地，過程尚算愉快。我們並沒有再提及那個不愉快的晚上。晚飯後，她堅持送我這「病人」回家。於是，我們又肩並肩坐在我家旁邊的小公園裡，我裝作自然地握著她的手，她並沒有抗拒。

「昏迷的時候，媽說你每週都會來看我，後來比她去得還多，代替她每週幫我清洗身體。」

「你媽年紀大了，腰背都彎不下來，我上班的地方離醫院不遠。後來你爸聘了專屬的看護照顧你，我也沒再幫你洗了，愈來愈臭，都是藥水味。」說時，輕輕笑了。

我本來就知道，只是找個話題而已，見小玫臉色稍緩，我的手握得更緊。

「那你來到都幫我做些什麼？」

「有時說說故事，有時聊聊天，說一些我的近況。」

我決定重提一件往事。

「你十六歲時患了感冒引發腸胃病，住院五天，我每天都跑來跟你說故事。」

「我記得。你還不知從哪裡每天找來一束花送我，裝模作樣。」

「是玫瑰花，學校裡的花王黃伯提供的，我跟他賭象棋，連贏他三局就不用付錢。」

「你一天到晚就會下棋騙老人家。」

「下棋要天分，何況我姓『王』名字中又有個『棋』字，命中註定是棋王啦。」

「這句話你說了十幾年不厭，我聽了十幾年也想吐了。」你笑著，也開始

陷入回憶。「後來被我爸來探病時發現，當場將你趕走，還投訴到學校，結果你還是每天都來。」

「是的，結果我爸收到學校投訴說我去醫院騷擾女同學，把我鎖在書房裡。晚上我媽放我出來吃飯，我奪門逃走，一個禮拜沒有回家，住在四眼明家裡。」

小玫低頭笑笑，感覺她有點不以爲然。

「怎麼？我記錯了嗎？」

她沒有抬頭：「其實你是跑到余輝家裡，他每次都一廂情願偏幫你。你知道我不喜歡這個花花公子，每次都故意說成是四眼明。」

「我……」一時無言以對。

「算了，就當你病後失憶好了，以後不要再騙我。」小玫緊接話題不讓我插話：「後來是我強硬拉你去跟伯父道歉，他才肯讓你進門。我還記得伯父那個哭笑不得的表情，沒打你兩巴掌是看在我的份上了。」她好像愈說愈開心，滔滔不絕：「我們回到學校，卻受到英雄式歡迎。訓導主任找不到規則罰我們，就各罰寫一千次『中學生不應該談戀愛。』結果全班四十個同學一齊抄，每人五十句一下子就抄完了，訓導主任破口大罵，要再罰，班長阿美突然站起來，說如果再罰，就投訴到教務委員會，同時寫信到報館爆料。」

我靜靜地看著她，神不守舍，直到小玫抬頭看我：「怎麼啦？」於是我隨便找個話題：「阿美是你的好朋友，她現在怎樣了？她從小就很有正義感，說長大後要到報社當總編輯的，結果有當上嗎？」

「阿美眞的進了一家雜誌社，不過是在廣告部。」頓了一頓，又說：「去年結婚了，最近生了一個女孩。」

「才三十出頭，慢慢做總有機會的。」我還是猶疑不決，後面那句也沒有接下去。

「我們都三十歲了，只有你還像個吊兒郎當的小孩子。」

「我中間可空白了四年啊！」我抗議。

小玫沒有說話，我也靜靜地思索著。

「當我在醫院醒來第一眼看見你的時候，你看來就跟十五歲時我愛上的小玫完全一樣。」我終於打破沉默。

小玫輕聲說：「胡說，怎麼可能！」

「謝謝你一直陪伴著我。」我下定決心：「我不會跟你說『對不起』的，請讓我更實在的回報你。」

小玫別過了頭，語聲哽咽：「沒什麼啦，不要再提了。」

我搭著她肩膊，輕輕把她摟進懷裡。

微涼的秋夜，四周一片寂靜。我只聽見懷裡的啜泣聲。

6 不想祝福。

晴空萬里，有一只迷失的白羊
牠獨個兒流浪
牠的身體有點髒
牠哭了，在我的頭上

翌日，我沒有去台北。

我打電話給余輝，告訴他我的決定。

「那二十多天的記憶空白，你不想追查了嗎？」余輝問。

「我不想再爲了過去而放棄現在。」這是我考慮了一個晚上的答案。

「也對。不了了之也是種完美結局，一個人回頭看，失去了二十幾天其實微不足道啦，我喝醉酒失憶的天數加起來也不只兩百天了，你才二十幾天算什麼，哈哈哈……不過兄弟，我還是要忠告你——」余輝語氣突然轉認眞。

「你說。」

「不要再三心兩意了。」

好朋友最可貴之處，就是不留情面的提點。

我卻沒有什麼自信：「如果又出意外了，怎麼辦？」

余輝大笑：「你選擇了的事情是一定會發生的，意外改變不了選擇……但如果你一直婆婆媽媽的話，最後就由不得你選了。嗯，工作上有沒有打算？」

「隨便先找份工作暖暖身吧。四年多沒工作，誰會請我？搞不好自己也變笨變遲鈍了。」

「先來幫我吧！我快寫不動了。不要想了，三，二，一，怎樣？」

「好。」不能被余輝看扁，我一口答應。「不過事先聲明，我不會做太久的，我已經厭倦了那種吹牛騙生活的日子了。」

余輝大笑：「吹牛是世界上最不勞而獲之事，你問問那些高官政客，是不是每個都名利雙收，盤滿缽滿？我跟你打賭，不出一年，你就會推翻今天的想法了！」

隨即打電話給小玫。小玫正在會議上，今天，她已經是一家美商公司的展銷部主管。她說正在忙於處理一個北京展覽，過幾天再聯絡。

眞的忙到晚飯也沒空嗎？我心裡想，卻沒有堅持。

呆坐在家裡，小黑和花妹一左一右的伏在我腳邊。我撫摸著牠們柔順的毛髮，開始籌劃我和小玫的未來。我該有自己固定的事業，一個漂亮的窩，如果小玫沒法與貓相處，就把牠們留在爸媽家，讓老人家有伴，我也可以不時回來探望。

小黑和花妹不知是否感應到我要把牠們留下來的想法，居然不約而同的站起，冷冷的跑開了。

我的新工作非常順利。跟余輝合作本來就駕輕就熟，只要摸著酒杯聊天，鬼主意就層出不窮。唯一分別是我對自己的人生從未如此清晰過，時刻憧憬著我和小玫的幸福未來。

余輝這幾年經營下來的根基遠比我想像中深厚，大有潛力邁向多元發展。我跟余輝擬定了七年計畫：「……就這樣，我們以雜誌收入爲基礎，再發展實體通路，用七年時間，在東京、上海、台北和香港打開市場……」

余輝凝視著我：「我這幾年總算沒有白白的等你。」

我笑，充滿自信：「今天起，我要建立自己的事業和家庭，追回四五年來的空白……」

連續幾天忘情加班，彷彿積儲多時的能量瞬間爆發，進度驚人。我們策劃了幾個創意巧妙的洋酒和汽車企畫案，調整了公司的發展策略，設定了短期及長期目標，同時為「餘暉」這角色注入新的元素：現代家居達人，進軍家居裝潢業及房產界。

和余輝有說不盡的話題，或公或私，天南地北，不經不覺已接近凌晨時分。這時，小玫打來約我在老地方等。我趕忙收拾東西離開。

「慢慢走，小心過馬路，不要再出意外啊！」這個余輝，狗口長不出象牙。

「你那三個女朋友電話還沒有打嗎？聽說手機電波會導致腦殘，你當心三倍腦殘啊！」我邊走邊還以顏色，心情無比輕鬆。

家門前的小公園，如平常般安靜。微暗燈光下，小玫低頭坐著，如一座沉思的石像。

我從她後面繞過，坐到她的左邊。「幹嘛發呆？」

小玫抬頭笑笑，眼神十分疲累。

我輕吻了她的眼睛。她挨靠在我肩膊上，本來我有很多話想說，但現在似乎不是時候。

「你醒來之後，這是第三次在小公園碰面了。」

「對啊，因爲你都堅持要送我回家。」

「你知道爲什麼嗎？」

我搖頭。的確不知道。

「從前我們常常吵架，但從來沒有在這小公園裡。」

「所以今天你想破例嗎？」我擠了擠眼，故作佻皮。

「你不會的。」

「你怎麼知道我不會？」

「因爲王彥棋從來都不會在家門前失態，讓爸媽擔心。而且——」

「而且什麼？」

「王彥棋也不會讓女朋友在爸媽面前表現尷尬。」

「我有這樣說過嗎？忘了。」眞的忘了。

小玫眼睛看著遠方，像想起了很久以前的事。

「或許我交通意外後性情大變，月圓之夜就會失控，你看——」我指指天上。「嗚～～嗚嗚～」模倣狼叫。

「別瘋了！吵醒鄰居了！」小玫把手掩向我的嘴。

我握著小玫的手，心中一股熱情上湧，我俯身想與她親吻，她側頭避開了。

「這幾天我做了很多事情，好想跟你說呢！我和余輝……」我只好岔開話題。

「讓我先說吧。」小玫打斷了我的講話。

我凝視著她，她從手提包裡掏了個東西出來。「這個給你。」

我皺了皺眉，心知不妙，還是把它打開了。

腦袋裡閃過無數電視連續劇的場景，而我的想法頃刻間得到了證實。這是一張新婚喜帖，新娘是小玫，新郎當然不是我。

那男的我不認識，也不想追問爲什麼？帖子上的字跡一片模糊，腦袋空白，小玫的決定從來不會改變，而我並不是一個懂得死纏爛打的人。

我驀然站起，仰望天際，深吸了一口氣，急速轉了三個圈，然後重新坐下，把胸中的悶氣呼出。

小玫沒有說話。

男人，唉，男人，還是我自己落幕吧。「嗯，知道了。這個還你。」我把帖子還她。「你知道我不會去的。」

「先前兩次在這裡就想跟你說了，但最後都沒辦法說出來。」

我無言。她的聲音好陌生。

「那天我跟你說了，誰知道說完沒多久，你就醒過來了。」

我愕然，隨即大笑。「原來那天我是聽到你要嫁人才醒過來的，哈哈哈，

哈哈哈哈。」我無法控制自己一直笑個不停，彷彿世間再沒有比這更可笑的事情。

「你不要再裝小孩了好不好？」小玫開始生氣。

我站起，無法掩藏心中的激動，一雙拳頭愈握愈緊。「你知道嗎？我跟佘輝訂好了七年計畫，物色新股東，在日本、台灣和上海設點，代理洋酒，然後在各地經營主題酒吧……」小玫，這全都是為了你啊！我心中在呼喊，話到口邊卻說不出來。我愈講愈洩氣，聲音虛弱無力：「再把主題酒吧變成觀光景點，與其他廠商協作……雖然聽起來像小孩子的夢話，我一輩子卻從未如此清晰過，知道自己想要做什麼。」我苦笑，最後頹然坐下：「無論如何，小玫決定了的事情是不會改變的，對吧……」

我曳然而止，輕輕喘氣。或許在小玫的心目中，我一直都是個長不大的小孩。我思潮起伏，愈是無話可說。突如其來，我被重重擊倒了，連說話的氣力都沒有。

「對不起。」小玫想哭了，但也等於承認了這已是無可挽回的決定。

其實也沒有什麼對不起的，昏迷前我固然不是一個好男朋友，昏迷後我也只是一個活死人而已，這一切，怪誰也怪不到小玫頭上，何況，她一直在床邊照顧我。

「等一下。」我說。再次站起來，仰望星空，深深吸了一口氣，又急轉了三個圈，然後把氣呼出。我回頭凝視這個從小一起長大的女孩子，她已經不再是那個像Hello Kitty一樣的趣緻小娃娃，她早已變成一個成熟美麗的都會女強人了。而我，從來都是這副吊兒郎當的調調。撇開所有一廂情願的想法後，我們之間的差距其實明顯不過。

我終於冷靜下來，輕輕一笑。「我明白了，沒事。」

小玫看著我的眼睛，終於也確認，我基本上已經冷靜下來了。

「真的沒事了嗎？」小玫還是忍不住試探。

「怎麼沒事！你沒看見我全身在流血嗎？不過總算不會把你殺死，或自己衝出馬路……」我笑說。還懂得嘲笑自己，就必定死不了。王彥棋，你要挺住啊！

小玫也笑了，伸手拉我坐下，像姐姐跟弟弟一樣，感覺糟透了。一個人只要有了看不起自己的想法，那想法就會高速不斷擴大，而自我的感覺就愈來愈渺小。我甚至對她手心的溫度毫無所覺。

「唸大學的時候我就想結婚了，但就算是你沒有碰到交通意外，到現在應該還未準備好當一個家庭的丈夫吧。」小玫的語氣，肯定得無容置疑：「我們的選擇，從你去台灣後就不一樣了。」

我聽著，像在聽一個遙遠的故事。我想起七歲時剛認識的小玟，頭上梳著兩條小孖辮，整天瞪著好奇的大眼睛，什麼事情都追問一番。我想起十五歲時候的小玟，我們整天一班人在嬉鬧開玩笑，故意嚇得她眼睛圓瞪嘴巴張開，那一副我最迷戀的表情。然後什麼時候魚頭輝和鐵頭梁四眼明等把我推過去，我們拖手，擁抱，親吻……大學時期同住在一間小套房，爲了大俠一次又一次吵架，每次都和好如初。我想起二十五六歲我在台灣的時候，我和小玟陷於冷戰，電話中幾近無話可說。然後是交通意外後醒來，我和小玟的視線一直無法分開，她看起來就像一位純潔的小天使。

「……其實……」小玟前前後後在說，我沒有留心聽。

「你有在聽嗎？」小玟問。

我笑笑：「感情從來都沒有對錯，你不用說服我這是一個對彼此都好的決定啦，我明白的。」我握著她的手，表示沒有惡意，但手心也沒有實在的感覺。「何況，這幾年我本來就一片空白，而你，卻應該發生了很多事情吧！」

小玟沒有答話，事實上，我也不須要她回答。

「如果那天醒來時沒有看見你，那就簡單多了。」我喃喃自語。

「交通意外前的事情，你眞的忘了？」

「眞的一片空白啊，怎麼啦？」

「那天在電話上，我們已經分手了。」

我呆住。

「結果不到半小時你就發生交通意外，我一直覺得自己有責任的，所以總是放不下。」

這是我熟悉的小玫個性，把責任都承擔在自己身上，直到受不了爲止。我們的距離又近了，我輕輕撫弄她的頭髮，而她淚水在眼眶中打轉。「那天我很兇，說了很多不好的話……」她伏在我懷裡，開始時只是抽泣，最後失聲痛哭，一時間情緒像已崩潰。「對不起……阿棋……對不起。」

「吵架本來就沒有好話，何況……」我頓了頓：「……是我愛上了另一個女孩子。」

「啪！」小玫狠狠用力一掌打在我胸口：「衰人，你終於願意親口承認了。」（廣東話「衰人」就是壞人的意思。）

「對不起。」我認眞的。

「當時我很不服氣啊，十年的感情輸給她。她到底是怎麼樣的人？」

「都不重要了。算了吧。」

「不行，你要說。」

我挑了幾個比較難忘的故事隨便說說，沒有刻意的加油添醋，小玫居然聽得津津有味，彷彿完全與她無關。每到關鍵處，她就說：「她跟我完全不一樣，如果是我，就不會這樣反應……」

現在是怎樣？我在一個正要甩我的女人面前，追述另一個已經把我甩了的女人的故事，我在幹嘛？這會不會太可笑了？

夜色低垂，已不知是幾點了，一輛轎車緩慢駛近，遠遠在小公園的出口停下。

「老公來接了嗎？」我盯著那輛車，略有恨意，心中很酸。

「嗯。」小玫點頭。

「長得有我帥嗎？」半眞半假，總是難掩好奇。

「你什麼時候帥過？」小玫輕輕打了我一拳。「老公要帥的不是找自己麻煩嗎，老實誠懇不要三心兩意就好了。」

這一拳，打痛了我。

「所以她跟我是完全不一樣的人，你愛上她，就是不再喜歡我了。」小玫站起來，拉直身上的衣服。我來不及回話。「難怪那天，你打電話來說分手。」她若無其事的接著說。

什麼？是我提出分手的?!

「我走了。」小玫對我微笑，一種彷彿以後不會再碰面的離別笑容。「十年之後，你猜我們還是朋友嗎？」

意思是不是說，往後十年，我們不會是朋友了？

我懂。我和小玫從七歲認識至今，是二十多年的過去，她丈夫要追上我在她心中的份量，談何容易！小玫向來是完美主義者，結婚後當然是選擇與我「到此爲止」吧。

「十年之後，我們也不會是朋友了。我們的過去實在太多，大雄會追不上的。」我極力保持平靜，語氣卻難掩悽苦。

「大雄？」小玫隨即會意。「也對，所以我也告訴他，今天是最後一次跟你碰面了。」

我點頭附和：「的確，叫大雄的都比較小氣。」

小玫笑笑，也不與我爭辯，上前親了我的面頰。

「沒辦法說出祝福的話……」我雙手握拳，視線有點模糊：「對不起，晚安。」

「晚安。」小玫用力握了握我的拳頭，給我一個最後的笑容，然後轉身離去。

直到那輛轎車消失了，良久，我才像個老人般坐下。

天破曉，逐漸聽到蟲鳥的聲音。

寒松抖落一身霜雪
夜風捲起一角星塵
破曉，是離別的最好時候

九月份的某一天你終於離開了
九月的秋晨冷得像冬
冰藍色長空都是霧
你追尋遠山外雲端的幸福去了
當時，我忙亂於挖掘泥土

我們各有一雙翅膀
你飛走，我留下
轉折的枝丫穿渡歲月
遠山外的青天明亮

我從未如此眷戀一個人
直到你離開以後

〈破曉〉

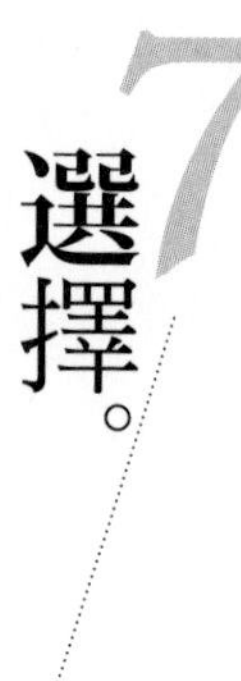

7 選擇。

終於我打開最後一個籃子
才發現：只有自己
躺在空蕩蕩的籃子裡

九月二十六。

看見很多開心的畫面，忘記了本來憂鬱的心情。只要眼前的畫面不斷改變，過去就變得愈來愈遙遠。從前我爲什麼不懂得這個方法呢？有夠笨的。

十月十一。

人生本來太沉重，每天要面對多少困難……

十月二十五。

失去的人有福了，你可以重新選擇。

選擇的秘訣是：

一，不要有太多選擇；

二，不要有第三選擇，二個就夠了；

三，二選一，慢慢選；

四，最後發覺二個都不行，就用輕鬆的心情揭開另一個籃子，重新選擇。

十一月三十。

孤獨是太陽，你無力抗拒，它的光明正大。

十二月十八。

陽光不是每天出來，出來了之後還是會下雨，悲觀的人會因此而悲觀，樂觀的人會期待下一次放晴，甚至聽雨聲而陶醉。

如何習慣樂觀？

先讓自己習慣遇見美好的事物，例如習慣穿好看的衣服，吃美味的菜，與瀟灑的人交往，過一個美妙的夜晚……

十二月二十三。

你以爲可以重新來過，但根本沒有人給你時間。

一月九日。

孤獨是回憶的漩渦，我們不會錯過所有傷痛的細節，但也統統收起，拒絕，跟任何人，詳說每一件事情。

二月二十四。

就當是天上跳下來最後一滴雨水，你抬頭張望，一切已雲過風清。水迅速滲進衣服，皮膚上一點微涼的感覺，你猜想，天有多闊，從天上到這裡是多高，要囚在雲裡多久才累積到足夠的重量，而不過一瞬間，那滴雨水已經完全屬於你。

於是，你擁有了這場雨最後一滴雨水，此時，在同一個天空下，所有人想多求一滴也不可得，誰能明白這份短暫卻異常實在的感情？最後一滴雨水和你融爲一體，這件事微不足道卻獨一無二。

每一場雨都有一滴最後跳下來的雨水，可是，如果它不選擇你，你這輩子也別想擁有。

8 三月的陌生人。

那是一段　無法靠近的距離

三月二日。

我的身體應已全面康復，心靈則尚待修理。茫茫然混了半年，余輝半強逼地要我駐台北兩星期做酒吧及美食專訪，於是，我只好再次踏足這個地方。五年多沒來過台北，眼前的景物彷彿沒有太大變化，但一切面孔，盡皆陌生。

我在學校餐廳徘徊了半天，看不見一個熟人。景氣不佳，這餐廳已換過三次老闆，新主人是一對五十出頭的嘉義夫妻。他們都沒聽過老汪這人，當然更不知道他的去向。

跑去學系查詢你的消息，結果卻令人訝異。「她二年級上學期結束就退學了，其他資料不能告訴你。」二年級上學期，那就是我發生意外的時候了。我竭力回憶，卻絲毫沒有你曾跟我談及轉學的印象。

我應該繼續找你嗎？或許，用力找是找得到的，但我沒有用力去找。

午後的巷弄和暖安靜，幾隻野貓臥在圍牆上睡覺，不時伸起爪子，搔搔耳朵。如果是你的話，只要一兩個動作，牠們就會滿帶喜悅的跳進你的懷抱。這種人與貓之間的交流不是每個養貓者都能駕輕就熟，我拿著照相機，和幾隻貓逗玩了一個多小時，才排除了牠們對我這個陌生人的防範。

走走停停，終於來到校園附近我的舊居，那間老汪曾經用廉價租給我的公寓小套房。我冒昧按鈴，希望開門者是老汪，結果一個婦人抱著嬰兒應門，她是租客，出租者卻是姓陳的太太。

似乎一切機會都斷絕了，我正要轉身離去，旁邊的門打開，終於看見一個熟人，是叮叮。從前是二十出頭活蹦活跳的小妮子，現在看來卻變得成熟嫻靜。

「叮叮！」

「你……是哪位？」叮叮一臉愕然。看了好一陣，隨即恍然：「啊，是你，你不是死了嗎？」

「沒死，活過來了。」我笑笑。

她走過來用力拍了拍我肩膊，頗有點久別重逢的喜悅：「對啊，沒死耶。瘦了很多，咦，好像長高了！」叮叮一講話就回復老樣子，我決定收回「成熟嫻靜」四字。

沒心情跟她瞎扯，我急不及待的追問：「你還是跟老汪租房子嗎？」

「老汪嗎？去美國了。房子賣給陳太太，陳太太人很好的，繼續讓我租在這裡。你怎麼啦？你一定是要找老汪租房子吧。其實租房子不一定要找老汪，我可以幫你問陳太太還有沒有便宜的，不過附近都租滿了，我們應該做不成鄰居了……」叮叮總是神經兮兮的，反正她認定一件事情是這樣就是這樣，我也懶得跟她爭辯。

「那你知道冬冬和冬瓜還在嗎？我的意思是：老汪的兩隻貓。」

「不會吧？你失憶了不是？」叮叮眼睛瞪老大的看著我。

我搔搔頭髮：「是忘了一些事情沒錯。你怎麼知道的？」

叮叮像發現了星球人一樣：「很有趣耶，原來交通意外眞的會弄失憶的……那你怎麼記得我的名字。」

「只有一少部分忘記了而已。」我說。「冬冬和冬瓜到底怎麼了？」

「你就是撲出馬路救冬冬才被車撞的啦。結果冬冬還是被車撞倒了，過後還吐血，送到動物急診室後幾小時就死了。冬冬剛離開的幾天，冬瓜到處走來走去，像在找甚麼似的，應該是找他媽媽吧，後來沒多久，也失蹤了。老汪爲了這件事情很自責，覺得自己沒有照顧好貓，還讓你被車撞倒……沒過半年，就把餐廳跟房子賣掉，去美國了。臨走的時候，還請我跟妹妹吃火鍋，他那天喝好醉，吐了滿地。」說時，她抱起了身邊一隻花貓，樣子有點像花妹。「耶誕節前你抱了幾隻小貓回來，說是什麼冬瓜跟小白菜的孩子，你送了我跟妹妹各一隻，現在五歲了，你看小綠豆多可愛。」

「小綠豆？」

「啊，你眞的失憶了，名字都你女朋友取的。你的叫小黃豆和小黑豆，我的小綠豆，妹妹那隻小紅豆。」

「你有看過我女朋友？她在哪？」我緊張得抓住叮叮的手臂。

「我哪有見過你的女朋友！你都把她藏得緊緊的。是你自己說的！你還說：這種名字，只有她取得出來……說時一副了不起的樣子。怎麼啦？你連她都忘了？」

「沒事。謝謝你。我有事情，先走了。」我實在不想多說。

「喂，你失憶故事還沒說耶——」叮叮抗議。

我假裝聽不見，匆匆轉身離開。

「喂，我看見過她！」叮叮近乎尖叫。

我霍然回頭。

「但你也要告訴我你失憶後的故事。」

從沒遇過這麼八卦又難纏的女人，但我只好答應。

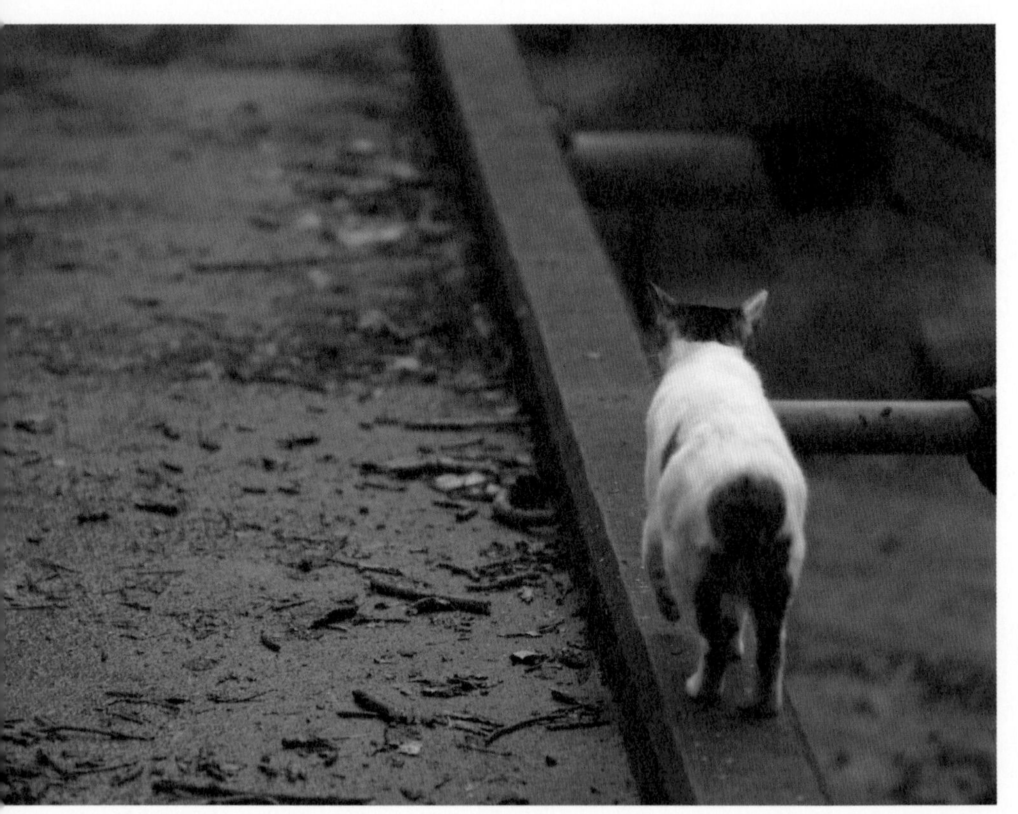

坐在叮叮家裡，她還特意泡了一壺烏龍茶，狡黠的笑容和目光：「你先說。」

本來只是簡單說說，最後卻變成有問必答。

「……好了，結果小玫結婚了，我又回復一個人。輪你說了吧。」一個多小時後，我沒好氣的說。

「就你撞車前一天呀……我聽到很用力的關門聲，原以為是我妹妹跟她男朋友又打架了，我連忙衝出門看，卻看見一個很高挑的女生從你家跑出去，好像還邊跑邊哭耶……然後你跟在後面，一路追出去……」

「然後呢？」我皺眉。

叮叮拿起茶杯，滿足地呷了一口茶：「然後沒有了……唔……就這樣。」

你逃避，不與月色相逢

情願走入，幽暗的窄巷

沉默，忍受貓的目光

9 喝醉就好。

三月十四。

這是我在台北的最後一夜，明天中午就回香港。

這應是我這輩子在台北的最後一夜，這裡，再沒有值得我留戀的地方。

過去兩週，我跑過很多大街小巷，熟悉或不熟悉的夜店，我再沒有重遇一個舊相識，連從前酒吧工作的舊同事，都沒有。每夜，我都醉了。一種穿透腸胃的辛辣在內裡攪動，然後是另一種不可原諒的酸苦湧出喉嚨，吐——有人在笑，有人在哭，有人在歌唱……眼前重疊的人影逐漸遙遠，無力清醒的身體，被流放在虛無寂靜的空間，醒來時，只剩一副失魂的軀殼。

這酒吧位於大安區一條隱密的窄巷。今夜星期六，人卻不多。我坐在吧桌旁邊開了一瓶紅酒自斟自飲，像一個完全陌生的酒鬼。今夜，我只想安靜地喝醉。

忽然，一個明艷照人的女孩子坐到我旁邊，我們對望了一眼，我低頭繼續喝酒，她講她的電話去了。彷彿在吵架，女孩語聲委屈中有點哽咽。掛線。酒保過來關心：「怎麼啦？還好嗎？」女孩說：「沒事。你可以講個笑話給我聽嗎？」

酒保想了想，說：「一個男人跟一個女人做愛……」

女孩子立刻打斷：「我不要色情笑話，講個健康好笑的！」

我猛抬頭，記起她是雪莉，那個每天活在戀愛中或分手中的女孩子。只聽酒保說：「健康的我哪會講，我請你喝一杯吧。」

雪莉把紅酒杯伸出：「好吧，倒滿。」酒倒滿，隨即被她一飲而盡。

雪莉這種場面我早見慣了，想不到五年後還是一成不變。如果她今天晚上沒法笑出來，就會一路灌酒，直到發酒瘋爲止。

「不如我講個笑話給你聽吧。」我轉頭跟她說。

她定睛看了看我，從上到下：「我又不認識你，你管我！」

我聳了聳肩，轉回去不再理她。算我多管閒事吧。

雪莉似乎有點歉意：「謝謝啦，但你不是我的菜。」

我懶得回頭：「因爲我不夠高嗎？」

「你怎麼知道……」一會，她突然猛力拍我背心。「啊，是你！」

我倒了一杯紅酒給她，我們碰杯，一飲而盡。

「你死去哪裡啦？好像好久沒碰見你了？」雪莉問。

「反正死了又活過來了，所以繼續喝。」

「眞的假的……」雪莉半信半疑。

「這幾年好嗎？都在幹嘛啦？沒有做酒保了嗎？有沒有新的女朋友？」

爲什麼女生都有這麼多的問題？我開始後悔跟她相認。

「都不想說可以嗎？」

雪莉瞪大眼睛看著我，出乎意料地居然點頭：「當然可以。」

我又自乾了一杯，不想說話。

「我失戀了！」雪莉說。

「我知道。」我懶懶的回答。

「你怎麼知道？」

「你每次走到吧桌講電話，講完要人講笑話的時候，就是失戀啦！」

雪莉笑了。

「頭髮變長了，頭腦還是一樣！」

「你管我！」刻意賣弄風情地撥撥頭髮：「長頭髮有比較漂亮嗎？」

「哈——哈——哈——」我乾笑三聲。「這個好笑。」

雪莉用力推我一下：「討厭。」卻笑得牙齒雪白，左邊臉頰一個深深的酒渦。

「你不是要講笑話給我聽嗎？」

「你剛剛不是笑了？」我反問。

雪莉笑得更開心了：「剛剛那個不算笑話。」

「好吧，這是在網路上看到的：在一個公園裏，一張長椅上坐著兩個人。其中一個在安靜的看報紙……」我放下酒杯，兩手比畫配合演出：「另一個在空中不停地做釣魚動作，不一會就招來了很多人圍觀，這時跑來一個警察，對看報紙的人說：『這是你的朋友嗎？』

看報紙的人說：『是，是』

警察說：『如果他神經不正常，請馬上帶他回家好嗎？』

看報紙的人連連道歉說：『好的，對不起，對不起！』

然後急忙做出划船的動作……」

當我做著划船的動作時，雪莉抱著我的手臂大笑。這個天真的傻女孩，應該又活過來了。

她突然湊過來，親了我臉頰一下：「如果你今晚沒有女朋友的話，我能不能排隊做第一個？」

一個人在抽煙
一個人跟一個人遇見
一個人笑
一個人哭了
一個人安慰一個人
她親了你的臉

一個人在喝酒
一個人對一個人思念
一個人笑
一個人醉了
一個人夢見一個人
她親過你的臉

一個人在等待
一個人與一個人擦肩
一個人笑
一個人忘了
一個人離開一個人
她想不起你的臉

〈她一個人〉

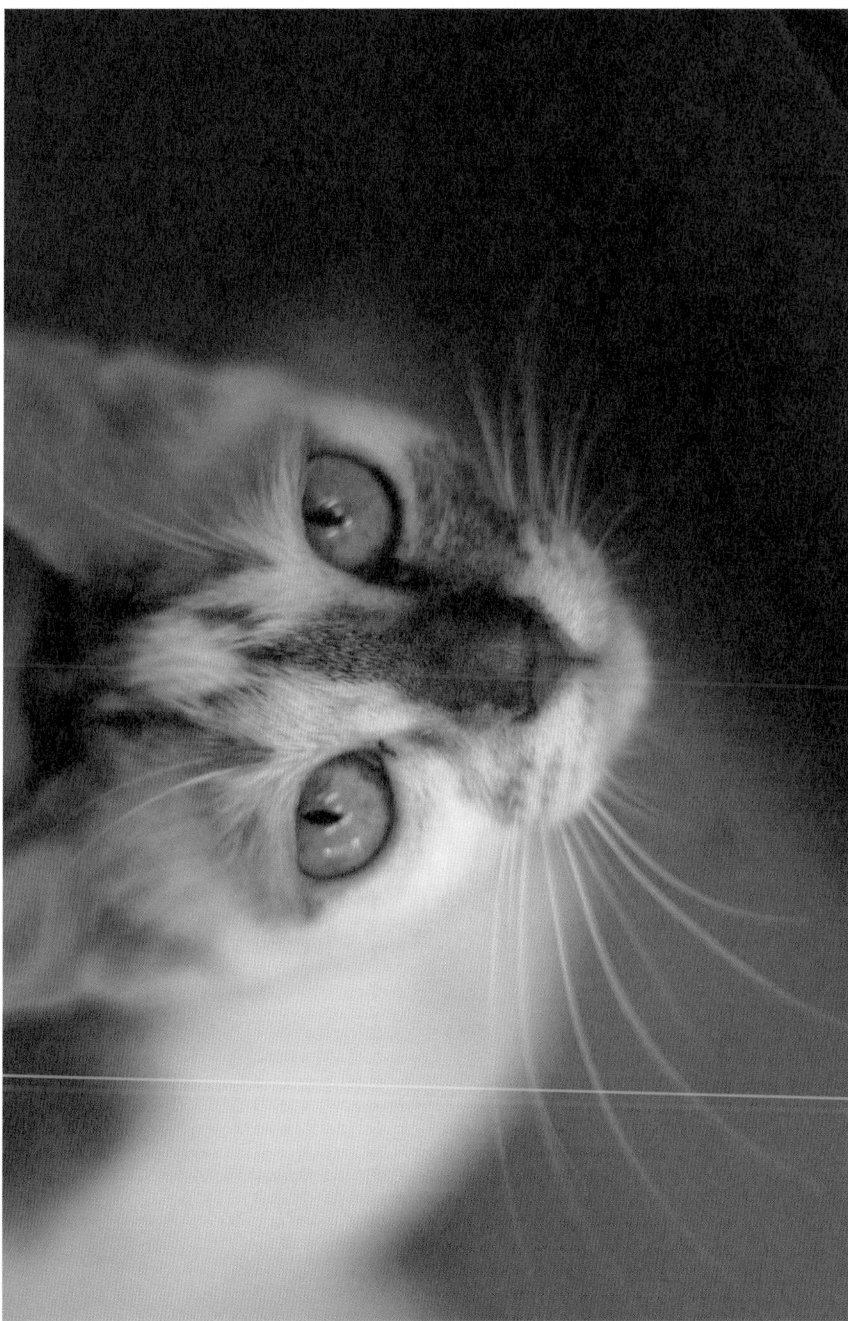

10 偶然，非偶然。

最後你輕輕的老了
一絲白髮飄過人間　落在泥土裡又長出新芽

九月一日。

四年後我在東京六本木開了一家酒吧，名字叫做CAT．LOVE。曾經拍過無數的貓照片，現在以各種形式置放在店裡，余輝在雜誌上大幅報導，讓我多了不少遊客生意，尤其是愛貓人士。

小黑和花妹已經是年近十歲的老貓了。花妹喜歡伏在吧桌上，讓溫暖的燈光照射著她油亮的斑斕虎紋，每個人經過，都忍不住要撫摸牠兩下。小黑還是活力充沛，一天到晚往外跑，三不五時失蹤好幾天，才又重新出現。

晚上十點多，天氣由夏轉秋，微涼帶雨，店裡沒幾個客人，我逗著花妹玩，小黑卻不知道又野到哪裡去了。驀地，花妹像發現了什麼，「喵喵」一聲就掙開我的懷抱，一溜煙的跑不見了；我正要追上前的時候，小黑卻不知從何處冒出，繞到我腳邊挨擦，全身濕漉漉的。我連忙蹲下，拿起一塊乾毛巾幫小黑擦乾身體。

「如果你讓小黑豆這樣亂跑，牠早晚會生大病的！」一把久違卻熟悉的聲音在耳邊響起，我渾身一震，手腳僵硬，不知所措。我深吸一口氣，這是眞的嗎？是你。這麼久這麼久以後，你終於在我眼前出現。

我來不及站起，你卻已蹲下來了，我們四目交投，這是一張我曾經想過千百遍的臉，每一分輪廓引證著每一分記憶，毫釐不差，然而眉宇間的神色，陌生而遙遠。

「Hi！」你的笑還是先從眼睛開始，容光煥發：「不認得我了嗎？」

我們坐在角落，彼此對望，都沒有要先開口說話的意思。數分鐘後，幾乎在同一刹那，大家忍不住都笑了，氣氛才終於緩和下來。

「是偶然的嗎？找到我這一家小店。」

「早就想來了，只是一直沒有時間。」

「出差嗎？」

「服裝設計。剛有一場春夏時裝發布會在東京。」

「九月就發布明年春夏的潮流，會不會太早了？」

「不早了，從接訂單到新貨上架，時間剛剛好而已。」

沉默。

「你不問我：怎麼會懂得這裡？」

「嗯，這裡蠻有名的，愛貓的人，大都知道。」我隨口回答，心中想著的，是過去的你。

你嘴唇一撇：「了不起！」不服氣的語調。

「也沒什麼啦，你比我想像中來得晚。」我心中有點情緒，似乎無法抑制。如果我在醫院時，你就來了，多好！

「所以你一直有在等我囉？」你語氣中也是有點挑釁。

「是的，我找不到你，所以一直希望你能發現這裡。」我的坦白，應該超出你的意外吧。

「如果有心找，是不會找不到的。」你語氣平淡。愈是平淡，愈是肯定。

的確如此。似乎，還是我輸了。

「好吧，放你一馬，我已經不生氣了。」你笑笑。

躺在醫院昏迷的是我，應該是我生氣吧。我沒說話，臉色應該相當不悅。

你突然面色一沉，拿起包包：「你看見我好像沒有很高興吧，我還是先走好了。」

我連忙站起，一手把你拉住。曾經設想過無數次我們重逢的場面，想不到見面時卻被一堆情緒困擾住。「是我不對，你先坐下吧。」我緊拉著你的手。「既然出現了，就不要那麼快消失。拜託。」手有點冰冷，當我察覺到這手的溫度時，愈是神不守舍。

你輕輕掙脫我的手，不過還是坐下來了。

我搔了搔頭，不知道該如何重新開始，而你坐姿安閒，充滿興味地看著我尷尬的表情。

「怎麼啦？不生氣了嗎？我這樣子很可笑嗎？」我終於忍不住先開腔。

「你一點都沒變。」

「怎麼沒變？」

「當你著急的時候，就會一直憋著開不了口，然後開始尷尬臉紅。」

「是嗎？」我暗地裡深呼吸了一下，稍稍回復輕鬆：「你是說我？還是說你？」

「從前我們都是。」你的笑容充滿自信。「不過現在我不是了。」

感覺自己像隻被耍的貓。這時，我瞥見她手上的鑽石戒指，墨綠色的貓眼石，像小黑，唔，像小黑豆的眼睛。

「恭喜你。」我說。你揚眉，以示詢問。我指了指你的戒指。你搖頭：「戒指對於女生來說，只是一種服裝的配飾，與家庭狀況沒有關係。」

「所以，你結婚了嗎？」不想繞圈子。

「不告訴你。」你還是一副莫測高深的姿態。

「似乎怎麼說，都是我不對呢。」已經夠糗，就不會怕更糗的事，我逐步開始可以放鬆了：「那我還是先敬你一杯，感謝你來找我。」

我舉杯，遮掩狼狽；你也舉杯，動作成熟優雅。

「唔，你是看到余輝的雜誌專欄發現我的嗎？」

「余輝？」你噗的笑了：「魚頭輝，我知道。你介紹過，我一直都有追看。」

我看得有點呆了。如果剛才有點冷傲的話，你笑起來卻還是從前那種純眞快樂有點佻皮的眼神。多少年了？那印象是如此遙遠，剎那間又變得如此靠近。

「怎麼啦？不認得我了嗎？還是我變老了？」

「你變漂亮了。」我收拾起恍惚的眼神，低頭呷了一口紅酒，續說：「下次我會告訴魚頭輝他有一個追看他專欄十年的美女讀者。」

「就是說我從前不漂亮。」

「你從前漂不漂亮，自己最清楚啦。」我可不受這套。「現在這個年紀的女孩子最美麗，既懂得保持少女的神態，又會表現成熟女性的風韻。」

「『這個年紀』的意思就是老了！」

「我知道我欠你很多，我投降了，你不用一直挑剔我啦。」我舉雙手投降。

你搖頭笑笑，表情仍是那麼莫測高深：「你不知道的。」把杯移過來：「喝酒吧，你總是會說好聽的話騙我。」

「其實我不大看余輝的東西，我追看你的專欄而已。我分得出哪些是你寫的，哪些是余輝寫的。」你終於願意主動說話。

「是嗎？怎麼分？」我倒從沒聽過有人分得出來。

「語氣比較直接的都是余輝寫的，拐彎抹角的是你寫的。」

如果燈亮一點的話，會照見我的臉紅。

你佻皮地眨著左眼：「是吧？說對了吧？」

我一飲而盡，舉起雙手：「再次投降。」

一對男女無論因爲什麼理由分開了，假若某天重逢又願意彼此坐下來的話，男方必定要擔當「被修理」的角色——我一直相信：這是基本禮貌，何況，眼前人是你。

你再次笑了，我們間的距離開始比較靠近。

「你相信嗎？我交通意外昏迷了，醒來已經是四年半之後……」我應該從這裡說起嗎？唉……

你深思片刻才說：「我有看那篇故事，本來不太相信的，不過看見你現在一副問心無愧的樣子，只好相信了。」

這讓我不禁緊張起來：「我先前怎麼了？」我做了什麼該慚愧的事嗎？

你笑笑：「你放我鴿子，害我等你十年啊。」

「我——」

「假的。」你不讓我接上。

你擺了一個手式，小黑豆乖乖的跳到你身上。

「養牠十年，比不過你招一招手。」我由衷佩服。

「我跟小黑豆玩好幾天了，有兩天牠還住在我酒店房間呢，只有你不知道而已。」

「前幾天都有人包場辦派對，忙翻了。」我恍然：「所以你來過好幾次了，只是一直在外面沒有進來嗎？」

你逗玩著貓，沒有理我。

「會在東京待多久？」

「工作都結束了，明天就走。」

「可以待久一點嗎？我可以帶你周圍逛逛。」

你抬頭看了看我：「我在東京唸書畢業，你知道的不會比我多。」

啞口無言，只能眼巴巴看著你在逗貓。

每一秒鐘的沉默都像一小時那麼長。

「你真的很壞。」你突然說。

「什麼？」

「讓我沒辦法恨你。」你一直玩著貓，沒有看我。

你應該恨我嗎？如果你有找過我的話，的確，失去聯繫的是我。

「你不想問嗎？」

「後來我有回到學校和住家，知道交通意外前一夜我們吵了一架，被車撞倒前半小時我在電話上跟小玫說分手了……如果你看過那個專欄的話，我寫了一篇四萬多字幾乎完全真實的小說。」

「你還說——」你忽然變活潑了，轉頭直視我，臉帶笑容：「說什麼我是最重要的讀者，但後面都是寫給其他人看的！」

「是寫給你看的——」我舉杯喝一大口：「想告訴你後來我脫軌了，改變了主意，之後心中有愧，所以沒有認眞再去找你。」

你凝視著我，默不作聲。

「結果我這男主角的收場大快人心吧？三心兩意，到頭來一無所有。」我低頭凝視著桌上的燭光喃喃地說。自嘲是我現在唯一可以做的嗎？

「最少雪莉跟你在一起啊！」你眼角瞟向正在吧桌旁忙碌的雪莉。

我笑笑，不以爲然。「她是我的好朋友，也是這裡的股東，沒事就跑來東京當老闆娘，說可以訓練日文和打發時間。」我繼續解釋：「但我們從來沒有那種關係。何況——」我決定更直接些：「我一直無法忘記你，雖然我不知道還會發生現在這一段。」

「發生了這一段又怎樣？」你沒有被我的坦白嚇倒，還一副捉狹表情。

我閉上眼睛，回憶起我們曾經在一起的所有日子。我們因爲冬冬和冬瓜而邂逅，我們在大街小巷裡尋找街貓的蹤影，每一隻街貓你都會給牠起一個有趣的名字，我爲牠們逐一拍照……我跟你述說大俠的過去，我們親吻、擁抱、在那間溫馨的小居室裡拚盡激情擁有對方……街燈從窗外照進來，投射在你的臉上，你委屈地哭了，讓我更用力地抱緊你……我隨口說些玩笑話，你認眞地思考，最後發現被我戲弄了，就使勁地搥我……

「你知道嗎？在我的記憶裡，全部都是我們在一起時的美好時光。」

「那是因爲你忘記了最後兩天是怎樣過的……」你的眼神複雜，飄向遠方。

我捉緊你的手：「你可以告訴我啊。」

你搖頭，卻沒有把手掙脫：「不用了，忘記了不好的事情，不是很好嗎？」

「就算我都忘記了，你能忘記嗎？」

你搖頭：「不要把自己想得太重要了。」

連空氣也近乎靜止，我彷彿凝結在半空。

你突然站起，看看腕錶：「一點多了，我明天早班機，該走了。」

「我可以繼續找你嗎？」我趕緊追問。

你背向著光，陰影下看不清表情：「我不會讓你找到我的。」

我一片茫然。

你抬頭笑笑：「或者，某天我又會突然在酒吧出現，嚇你一跳。」

我無奈：「酒吧嗎？你在我面前突然出現，也不知第幾次了。」倏忽靈光一閃，我急忙說：「你現在不能走，等我一下！」

我三步併兩步跑到廚房，頃刻，推出一個已經點上燭光的生日蛋糕，口中唱著生日歌：「Happy Birthday to you……Happy Birthday……」

酒吧中的客人們，一起拍掌合唱附和。

你許願、拍手、和大家鞠躬，祝酒道謝。

這是一個臨時湊合卻熱鬧歡樂的生日會。

你走出門口，已是一個多小時後。外面正下著密集的細雨。門外，你凝視著我，眼睛裡彷彿有水光流動。

「謝謝你幫我慶生。」

「說起來，我從來沒幫你慶過生呢。」我只能這樣說了：「謝謝你給我這個機會。」

「你總是可以逗得我很開心的。你喜歡我，就是因爲我比較好騙嗎？」你一直喜歡問這個問題。

「或許我對你不好，但我從來沒有騙過你。我答應過你的。」我用最認眞的態度回答。

你走出數步，卻又回頭。「你知道嗎？可能我們不會再見面了。」

「嗯。」我只好點頭。

「即使沒有發生意外，我們還是會分開的。」

「不會。爲什麼？」我大聲反對。

你豎起食指放在嘴唇前，輕輕左右晃動。「就像小玫說的：我們的選擇不一樣啊！何況——」你笑笑：「有些裂痕一旦出現了，是永遠都沒有辦法修補的。」你頓一頓，卻不讓我說話：「但有些事情，我覺得還是應該告訴你……」

我只好聽著。

「雖然有很多女孩子喜歡你，但我知道我跟她們是不一樣的。」

「我——」你用手指封住我的嘴。

「聽我講完，不要說話。」

我在聽。

「雖然有很多女孩子喜歡你，但我知道我跟她們是不一樣的。因為我和你……有過一個孩子。……那天我們吵架，回家後我一直哭，被爸媽發現了，唔，都發現了，於是送我到東京唸書，孩子當然也沒有了。」你說得很慢，逐字逐句，差點沒法把話說完。「嗯，雖然我沒有問過你的意見，但當時我想：我們不可能——要這個孩子吧。」

我完全呆住了。是因為有了孩子嗎？所以我才會打電話給小玫主動提出分手，才會心不在焉地衝出馬路……但最後你還是離開了，小玫也離開了。

你俯身向前，輕吻我的唇：「我跟其他喜歡你的女孩子是不一樣的，你知道就夠了。」說畢你轉身，冒雨跑到巷口，攔計程車走了。

雨點愈下愈緊密，在燈光中化成銀色的簾幕，遮擋住眼前的一切。我的腦袋仍然空白，我的身體一直無法回復語言和動作的功能，淚水不斷在眼眶中打轉。

這時雪莉從店裡走出，用雙手纏住我的左臂：「進來吧，我講個笑話給你聽。」

玻璃窗外是雨聲

雨水打在樹葉上沙沙
雨水打在草堆上沙沙
雨水打在你的裙角上沙沙

你喜歡雨的聲音
你在雨中起舞

雨水打在葡萄酒杯上答答
雨水滴自你的長頭髮答答
雨水急敲著灰色的車篷答答

緊密的雨
你最喜歡的節奏

你久久不說話
你微微張開了嘴巴
低聲告訴我
我們失去了一個孩子
如果你要哭
就盡情地哭吧

〈雨聲〉

11 銀河。

是一本漫畫的浪漫傳說：
去到銀河的盡頭
會遇上
你最思念的一個人

我問：你準備出發了嗎？
你：還沒有。
我：要等到什麼時候？
你：大概……到我們眞正分手之後吧……
我：爲什麼？
你：到時候在那邊……我想，我遇到的也必定是你……

你的聲音，消逝在銀河的星影裡
直到眞正分開之後
才會深深的思念一個人
我相信

（某年，於七夕）

文／安紫元 攝影／文家傑
企劃選書／何宜珍
責任編輯／周怡君

版　　權／黃淑敏、翁靜如、葉立芳
行銷業務／林彥伶、林詩富
副總編輯／何宜珍
總 經 理／彭之琬
發 行 人／何飛鵬
法律顧問／台英國際商務法律事務所　羅明通律師
出　　版／商周出版
臺北市中山區民生東路二段141號9樓
電話：(02)2500-7008　傳眞：(02)2500-7759
E-mail：bwp.service@cite.com.tw
發　　行／英屬蓋曼群島商家庭傳媒股份有限公司城邦分公司
臺北市中山區民生東路二段141號2樓
讀者服務專線：0800-020-299　24小時傳眞服務：(02)2517-0999
讀者服務信箱E-mail：cs@cite.com.tw
劃撥帳號／19833503　戶名：英屬蓋曼群島商家庭傳媒股份有限公司城邦分公司
訂購服務／書虫股份有限公司客服專線：(02)2500-7718；2500-7719
服務時間：週一至週五上午09:30-12:00；下午13:30-17:00
24小時傳眞專線：(02)2500-1990；2500-1991
劃撥帳號：19863813　戶名：書虫股份有限公司
E-mail：service@readingclub.com.tw
香港發行所／城邦（香港）出版集團有限公司
香港 灣仔 駱克道193號超商業中心1樓
電話：(852)2508 6231　傳眞：(852)2578 9337
馬新發行所／城邦(馬新)出版集團
Cité (M) Sdn. Bhd. (458372U)
11, Jalan 30D/146, Desa Tasik, Sungai Besi,
57000 Kuala Lumpur, Malaysia.
電話：(603)9056 3833　傳眞：(603)9056 2833
商周出版部落格／http://bwp25007008.pixnet.net/blog
行政院新聞局北市業字第913號

視覺設計／COPY
印刷／卡樂彩色製版有限公司
總經銷／聯合發行股份有限公司　電話：(02)2917-8022　傳眞：(02)2915-6275

2010年（民99）4月初版
定價260元

ISBN 978-986-6285-56-1

Printed in Taiwan

國家圖書館出版品預行編目資料

CAT.LOVE／文：安紫元 攝影：文家傑．初版．台北市：
商周出版：家庭傳媒城邦分公司，民99.4，（MESSAGE：05）
ISBN 978-986-6285-56-1
857.7